小学館文庫

新・口中医桂助事件帖

シーボルト花

和田はつ子

小学館

目次

主な登場人物

藤屋桂助……………〈いしゃ・は・くち〉を開業している口中医。
志保……………………桂助の妻。
鋼次……………………元房楊枝職人。桂助の助手をつとめる。
お房……………………桂助の妹。藤屋商会の当主。
岸田金五………………鋼次の幼友達。巡査。
川路利良………………警視庁大警視。
長与専斎………………文部省医務局長、東京医学校校長。
福沢諭吉………………慶應義塾創設者。
小幡篤次郎……………『学問のすすめ』初編、福沢諭吉との共著者。
小幡英之助……………小幡篤次郎の甥。医術開業試験の受験を目指す。

第一話　シーボルト花

一

毎日からっ風が吹いて寒さが増す。こればかりは明治の世になって江戸が東京府と名を変えても変わらなかった。口中治療の〝いしゃ・は・くち〟の待合室は混みあっていた。多いのは痛みの少ない抜歯を願う桂助《けいすけ》目当ての患者たちだったが、それでも鋼次《こうじ》による歯を削っての充塡《じゅうてん》治療を受ける患者の数は着実に増えていた。

中には時折、名を告げず記さず、顔を隠すためか被《かぶ》りものをしている、上質だがくたびれた着物姿の男女もいた。この手合いは御一新（明治維新）後、尊い身分を失った大身の旗本や、時勢に乗れずに落ちぶれた大店《おおだな》の主《あるじ》や内儀、家族だったりする。こうして人目を忍ぶかのように通ってくる向きは口中の掛かりつけ医として、足利《あしかが》将軍の頃から口中医として名を馳《は》せた、誉れ高い口中医たちに代々高い薬礼《やくれい》（治療費）を払って治療を受けてきたのである。江戸幕府が倒れて多くの武士たちが失業する一方、口中医の頂点とされた奥医師制度がなくなって、廃藩置県で大名さえも財を失ってしまった今、かつての強者たちは双方ともに先の見えない困窮の屈辱を味わっていた。

抜歯の患者が途切れたところで、

「俺だよぉ」

金五《きんご》が訪れた。

「あの時は夜分遅くにすいませんでした」

頭《こうべ》を垂れた相手に、

「あなたに詫《わ》びられることなどあったでしょうか？」

桂助は首を傾《かし》げた。

「実はあの時のあの人からこれ、預かってきたんだよ」

金五は風呂敷の包みを解いて重箱らしきものを取り出してテーブルの上に置いた。

「見事な——」

桂助の助手を務めている志保《しほ》は思わずため息を洩《も》らしてその重箱を手に取った。

「これ、黒漆地に急流にかかる太鼓橋と波しぶき、そしてその上に目一杯大きく紫陽花《あじさい》が描《い》かれている。重箱の蓋、四面、段を越えて連続している一幅の素晴らしい絵だわ。紫陽花の葉は金蒔絵《きんまきえ》で花は螺鈿《らでん》の手法。蓋の裏は丹念な朱漆塗り。このような贅沢《ぜいたく》なお品、どこかのお姫様のお嫁入り道具だったとしてもおかしくない。でも、どうしてこのような大事なお品を？」

そんな志保の言葉に、

「口止めされているから名前は言えないけど、あの時のあの人は元をただせば御大身の旗本なんだよ。俺とは偶然の出会いなんだけど満更知らないって仲じゃなかった。岸田《きしだ》の父上をよく知ってたってことなんで驚いたよ。おかげで命拾いさせてもらったんで奥方様がどうしてもお礼がしたいって」

金五は告げた。

金五の養父で維新のさ中に病死した岸田正二郎《しょうじろう》は、長く将軍家の御側用人《おそばようにん》を務めていて、役目柄、大名や大身の旗本たちとの交流も多々あった。

「ここまでのお品をいただくわけにはいかないわ。それにきっと何物にも代えがたい思い出も込められている物でしょうし」

志保は首を横に振った。

「奥方様はこう言ったんだよ。〝これから東京を離れた新しい土地で、家臣たちと一緒に野を切り開き田畑を耕す暮らし向きになります。その前に蔵にあった骨董《こっとう》等の売れるものを始末して当面の糧にします。ですからこれも売ることになります〟殿はこうおっしゃられています。〝家臣と共に汗して働くには健やかな身体《からだ》がなりよりで、歯痛に苦しんでいては皆の手本となることはできない。こちらの先生にすっかり治していただいて有難かった。薬礼代わりに何か礼がしたい――〟と」

急流に紫陽花の文様の重箱が差し出されているあの時のことというのは、夜分の急な患者のことだった。夜の見廻《みまわ》りで金五が患者を背負ってきたのは、その時が初めてではなかったが、違っていたのは被り物をしていたその患者が、桂助が一度診療した相手で面識があったことであった。

「この人、口から血を流して路地裏に倒れてたんだよ。息も絶え絶えに見えたんで慌てた」

桂助は何も聞かずに血が溢《あふ》れている口中を診《み》た。右片頬の内側に深めの傷痕があった。主な出血はそこからだったが、もう一か所、右の臼歯の歯茎が剝がされていて血が止まっていない。その臼歯は重めの虫歯で、桂助が抜歯を希望する相手に、虫歯削り機による治療を経て、金属で充塡すれば抜歯せずに済むと診たてて勧めたところ、患者は無言で頷《うなず》いた。

被り物をした男患者はかつて桂助の診たてを良しとせず、希望通りの治療をもとめた挙句の始末と思われた。

「こんな半端な治療、口中医ならどんなへぼだってしないぜ。歯抜きさえ満足にできねえ口中医なんていねえだろうがさ。おおかた素人の俄《にわ》か歯抜きにでも引っ掛かったんだろう」

居合わせていた鋼次が言った。

「いろんなことが進んでて偉い異人さんたちにみっともないから、子どもに往来で小便させるな、肥しにする糞《くそ》を運ぶおわい屋は通りを歩くな、なんてことと同じで、大道での見世物を兼ねた歯抜きは御法度になったからね。歯抜きだけなら抜きたい歯と刀の柄《つか》を糸で結んだ居合抜きも、達人の域だと結構上手《うま》かったんだよ。こんなことになるんなら、あっちの方がまだましかも」

金五が憤ると、

「でも、そのおかげでこの歯はまだ抜かれていません。口中は繊細である一方、傷や火傷《やけど》等の治りがいいのも助けになります」

桂助は手際よく右頬の傷を縫い合わせ、剝がれた歯茎と虫歯の臼歯を消毒した。

「こうしておけばわたしの診たてを受け入れてくれるかもしれませんので」

こうして被り物をした男は〝いしゃ・は・くち〟の離れに十日ほど入院した。倒れていたのは口中の傷によるものというよりも風邪《かぜ》による発熱ゆえであり、高熱が続いてしばらく動くことができなかったのである。

熱が下がり、歯茎が剝がされていた問題の臼歯も化膿《かのう》もせずに治癒したので桂助は再度治療を勧めた。

「新しい虫歯治療なので不安はおありでしょうが、歯を存《なが》えさせることなくして長寿は望めません。わたしは人は命ある限り働くべきで、働くことこそ生きることだと思っております」

この言葉に、相手は微《かす》かに首を縦に振った。以後は鋼次の虫歯削りを受けて金属の充塡までの過程が十五回ほど繰り返された。被り物をした患者は痛みのせいで抜歯を望んでいた臼歯の他にも、多くの虫歯の持ち主であった。

その間、この患者はほとんど話さなかった。西洋風の食べ物が苦手だとわかると、志保はお浸しや魚の煮物を主とする食事を作り続けた。美味《うま》そうにはほど遠い、義務で食べているというような顔を常にしていたが、残すことはなく、志保が下げに行くと心持ち細い顎《あご》を引いて大きく頷いて礼を示した。

「おかしな患者だな」

鋼次はぽつりと呟《つぶや》いた。

治療が終わっていよいよ退院する段になると、金五が送り届けるべく迎えに来た。

「ありがとうございます。まあ、いろいろあって、すみません」

金五が無言の当人の代わりに挨拶《あいさつ》をした。

桂助は決して薬礼の話はしなかったし、鋼次もどうなっているのかという追求はしなかった。

「何っていうかな。何かわかんねえけど気圧《けお》されるもんがあったよな、あの人。あいつなんて気安く呼びかけられねえなんかがさ。それって生まれついての気品とか、威厳かい？」

　とだけ鋼次は言った。

　そして今、急流に紫陽花の文様の重箱と共に、被り物をした患者の気品と威厳の理由がやっと明らかになったのだった。

「家臣の方々と今までと違う暮らしをされてご苦労なさるのなら、やはりこれはお返ししてお役立ていただいた方が――」

　志保の辞退に、

「こうも奥方様は言ってた。〝異人はこの国の骨董を好むようです。この品は当家に代々伝わる逸品ですので、異人に買われてよくわからない扱いを受けるのはとても忍びません。どうか、価値のわかる、そして治療を通じて絆《きずな》のできたお方にお持ちいただきたいのです〟とさ。俺もそう思うよ。異人たちはろくに知らないだろうから、知らずに始終これに食べ物が詰め込まれて、ごしごし洗われたりしたらたまんない気がする。いつだったか、馬車で通った異人の偉い人の子が、綺麗《きれい》な輪島《わじま》塗りの文箱《ふばこ》に、志保さんが作ってくれるようなクッキーを入れてたのを見たことがある。それはちょっと違うだろうって思った」

金五は持論をぶちまけ、

「志保さん、お気持ちですのでこれはいただくことにしましょう。金五さん、急流に紫陽花の文様を末永く、大切に眺めさせていただくとお相手に伝えてください」

桂助は被り物をした患者とその妻を想《おも》って深々と頭を下げた。

「ああ、よかった」

金五は胸を撫《な》でおろし、

「返されでもしたら、これを売って薬礼を払いかねない勢いだったんだ。とにかく誇り高い方々でさ、同じようだった岸田の父上も今、生きてたら相当辛《つら》かったろうと思う」

しみじみと呟いて帰って行った。

二

こうして急流に紫陽花の文様の重箱は応接間の棚に飾られて、訪れる人たちの目を

引いた。桂助の妹で生家の呉服問屋藤屋《ふじや》を、御一新後は商売の幅を広げ、名を藤屋商会と改め、継いでいるお房《ふさ》は、

「御一新で髷がざんぎり頭になって以来、牛肉や牛乳に洋食、洋菓子なんかの食べ物や、洋服等がもてはやされてるわよね。牛鍋食べてフロックコート着てないと、身分の差がなくなった文明開化を生きる者じゃないみたいな——。高いお給金の薩長《さっちょう》のお役人たちがまさにこれなんだけれど、市井の人たちは敬遠しつつも憧れてる。だって西洋風は天子様をいただく政府の意向でもあり、お金さえあれば誰でも西洋風のものを食べたり、飲んだり、着たりできるんだものね。政府は西洋に追いつけ追い越せとばかりに洋館を次々と建てて、さらにそんな風潮を煽《あお》ってる。これって、正直、二百六十年続いた何年か前までの徳川様やあたしたちって、いったいなんだったんだろうかって感じよ。一方で古くから日本ならではの骨董を好んできたお大名なんかの上級武士や、必要のなくなった両替屋とか、代々続いた商家の富裕層は落ちぶれてしまって、お蔵の骨董お宝売りで苦境を凌《しの》いでる。そんなさ中で心ない骨董屋は、国内では売れなくなってるお宝を安く買い叩《たた》いて、西洋人たちに結構な値で売りつけてる。浮世絵なんてもう二束三文。だからこの漆塗りの重箱を兄さんへのお礼代わりにした方の気持ち、万感の想いだったたでしょうね」

常になくやや感傷的な言葉を口にすると、

「いいわね、この文様。急流の流れも素晴らしいけれどあたしは紫陽花が好きなの。紫陽花がこれほど華やかな印象なのは青い色に拘《こだわ》らず、蒔絵の金と螺鈿の貝、黒地に金色と光を集める透明な白で描き尽くされているからだわね。これってこの国ならではの粋の極致。いつまでも見ていたい気がする。決して売ったりしては駄目よ。どうしてもという時はあたしに一番に声をかけて。何に使うか知れない西洋人の手には絶対に渡さないから」

と言い添えた。

――わたしはお房さんほど蒔絵や螺鈿には通じていないせいかしら、どちらかといえば重箱に描かれた紫陽花よりも、初夏の庭を彩る自然に咲く紫陽花の方が好き。わたしが一番好きな花かもしれない――

志保は毎冬、鉢植えの紫陽花を植え替えて軒下に移していた。薬草に通じていた医者の父から、薬草等を育てるのなら紫陽花の地植えは控えるようにと言われたのを、志保は忠実に守っている。病害虫に強い紫陽花を地植えにしない理由は、地植えにするとすぐに広がって、他の植物の生長を妨げるからであった。

また紫陽花は紫陽花《しようか》という名の生薬で、花や葉に含まれる解熱効果に中毒性がある。

これを口にすると嘔吐《おうと》・めまい・顔面紅潮などの症状が表れるので注意が要る。それもあって〝いしゃ・は・くち〟の紫陽花は鉢植えなのであった。その分手間がかかる。

地植えの紫陽花では留意する必要はないが、鉢植えの場合、葉が落ちて枯れて見える初冬に、根詰まりしている紫陽花を一回り大きな鉢に植え替えることが必要になる。枯れて見えるが根は生きているので、定期的な水やりや堆肥《たいひ》が不可欠である。鉢植えの紫陽花が春になっても芽吹かない理由はたいていが乾燥、水やりの怠りによるもので、花が咲かないのは堆肥不足によるものであった。

――軒下はあたしのお宝箱だわ――

志保は例年この時季、植え替えた後も茶色く枯れきったままの軒下の紫陽花に、初夏の間、どれだけ涼やかな美しさを披露してくれたかわからない、紫陽花の青から紫への移り変わりの繊細な醍醐味《だいごみ》に感謝しつつ、水やりや堆肥の補充に精を出してきた。――といっても、春まで枯れた様子に変わりはないので、これだけの世話で根は生き続けているものかしらっていう心配はあるけれど――

この日もそんな不安を抱きつつ、志保が水やり等を終えると、

「志保さん、相談があります。ちょっと来てください」

桂助に応接間に呼ばれた。

ちょうど午後三時の休憩時であった。

応接間には鋼次も居合わせている。気のせいか興奮気味のように見えた。ただし不機嫌ではない。

「志保さんが庭仕事をしている間に来た手紙です。鋼次さんに先に読んでもらいました」

そう言って桂助は志保に文を渡してきた。

「あのお方ですね」

文の主は桂助に、実施が決定している医術開業試験、口中科部門の試験官を承諾させた文部省医務局長の職にある長与専斎《ながよせんさい》であった。

「あのお方、桂助さんが試験官の任を受けられたらパタッとおいでにならなくなりましたね」

ウエストレーキ、福沢諭吉《ふくざわゆきち》まで仲介して、桂助に医術開業試験、口中科部門の試験官の任を頼み込んできた長与だったが、桂助は徹底して固辞していた。すると長与はあろうことか、自身の虫歯の治療を表向きの理由にして〝いしゃ・は・くち〟に押しかけてきた。このなりふりかまわない捨て身技と、この国の医療を高めるために改革しようという、理路整然とした話し方で長与は桂助をひたすら説得、桂助はとうとうこの任を引き受けざるを得なくなってしまった。

「そのうち歯が痛くなったら来るさ。あの男、虫歯がまだうじゃうじゃあったから」

意外にも鋼次は長与への敵意を示さなかった。

――あら――

志保が意外だったのは、長与の行おうとしている医術開業試験に象徴される医療改革が、漢方医等の従来の医療従事者の存続を危うくするものだったからである。内務省が実施する医術開業試験を受けない、口中医を含む諸々《もろもろ》の科の漢方医等は、この先一代限りとされているので、開業をしていない鋼次の場合、最悪の場合、虫歯削り機による治療ができなくなってしまう。そのことは鋼次も承知していて悩んでいる様子であった。

「とにかく、これを読んでください」

桂助に促されて志保は長与の文面に目を落とした。

医術開業試験、口中科部門の試験官の任をお引き受けいただいた段、今後の医療制度改革の理想に一歩近づき得る百人力と心得ております。

かねてよりの先生のご指摘通り、従来の口中科の長所は生かすべきだとは思います。しかしそれはいずれの話で、今現在口中科の医者たちは代々伝わる秘伝に固執して、かつての上級武士階級とその運命をともにしてもいいという一部の者たちを除くと、今後生業《なりわい》として成り立ち得るのか、生き残れるのかという不安に苛《さいな》まれている者たちが主です。今はこうした口中医たちの受け皿が必要です。

わたしはあえてこの者たちをただの口中医ではない、〝アメリカの歯科学を学んで我が国で実践している藤屋桂助に続く口中医たち〃と呼びたいです。人が生きるために食べる器官である歯を主とする口中科は、漢方の本道(内科)に匹敵するか、その祖となる重い診療科であるとわたしは思っていますので、あなたに続く人たちは、科学的で新しい医療の道を歩む先駆者でもあるのです。

ここで提案がございます。どうしたら藤屋桂助先生に続く者たちを、今の日本社会に得ることができるのかという問いの答えでもあります。

勝手ながらこの間そちらへ通わせていただいた際、〝いしゃ・は・くち〃の虫歯削り機による治療を受ける患者の数を密《ひそ》かに調べさせていただきました。飛躍的ではないにしろ、着実に患者数は増えています。待合室も虫歯削りを待つ人たちで混み合うようにもなってきています。これは偏《ひとえ》に決して諦めなかった藤屋桂助先生とそのお仲間、虫歯削りの名手鋼次さんや奥様の志保様の勝利です。

もちろん、虫歯削り機による、あなたたちが理想としている虫歯治療を、さらにもっと根付かせたいとの思いもおありでしょう。

そのお手伝いをわたしはさせていただきたいのです。虫歯削り機がもう一台あったらと思われることはありませんか？　わたしがあなた方ならそのように思います。これはまだまだ安いものではありませんから、個人の資力を超えてしまいかねません。でも、政府の力をもってすれば叶《かな》います。

文部省医務局長長与専斎の名において、この器械を〝いしゃ・は・くち〟に贈らせていただきます。そしてこの器械を指導に用いて、あなた方のように自在に操れる者たちを世の中に送り出してほしいのです。その中に今や一人でも多くの口中医の子弟が入れることを祈ります。口中医の子弟たちが代々の生業を受け継げなければ、長きに渉《わた》る秘伝の奥義を保ち持って、医療に役立てることもできないでしょうから。医術開業試験の口中科受験の際には、一部最新の歯科治療の実践を問う、実技試験も組み入れるつもりです。そのためにも是非、彼らをよろしくご指導くださいますようお願い申し上げます。

また、桂助先生と共に指導に当たるであろう鋼次さんには、特別に口中医を含む漢方医待遇、一代限りの開業資格を授与させていただきます。
虫歯削り機はすでにアメリカに発注いたしました。
どうかよろしくお願いいたします。
長与専斎
藤屋桂助先生

──鋼次さんに一代限りの開業資格──なるほど、それで鋼次さん──
志保は、まだ紅潮している鋼次の機嫌の悪くない顔を改めて見た。

三

一方桂助は、
──虫歯削り機による治療の実技試験はすでに決定している。そしてこの文には口中医の皆さんがこの先生き残るための唯一の手段が示されている。口中医の子弟たちがアメリカ流の新しい治療の実技試験を含む、医術開業試験に合格しなければ、到底生き残りは叶わない──

複雑な思いで相手の文を読んでいた。

――やられた――

桂助は足利将軍の昔から続いてきた、口中医ならではの秘伝や秘法に近い技の存在への賞賛を逆手に取られたような気もした。

――虫歯削り機の習得は経験の積み重ねが必要でたやすくはない。試験官はどこまでの力を受験生に要求するのか？　ここで縦横自在に器械を使いこなすための指導を任されても、開業試験までの間は短すぎる――

「責任重大ですね」

志保も不安そうに同調の意を示した。片や鋼次は、

「俺が心配なのは虫歯削り機の使い方を教えるのは厄介だってことだよ。口中医の後継ぎに限らず、この手の指導ってやつは、〝いしゃ・は・くち〟の患者を治療しながらってことになるだろう？　ようは患者で試して学ばせることになっちまう。患者たちの中には虫歯削り機は虫歯の救い神かもしれねえっていう奴《やつ》さえ出てきてて、やっと黒い化け物呼ばわりされなくなってきてるんだよ。それは自慢じゃねえが、俺の腕がそこそこだからだよ。徳川様の頃は俺んちは代々、かざり職だったから生まれつき手先が器用なんだ。もちろん、その都度その都度、患者の口中の様子別に魔法みてえ

に手が動く、桂さんにはまだほど遠いけどな。それでも俺じゃなけりゃ、到底虫歯削り機で患者の歯削りはむずかしいはずだ。ありゃあ、誰でもできるようでそうは簡単なもんじゃねえ。痛がって動く患者も多くて、何しろ器械の先が虫歯から外れて、口中に大怪我《おおけが》させちまったら、もう大変。二度と来てくれないし虫歯の救いの神様は黒い化け物に逆戻りだ。正直一代限りの開業資格は有難てえし感動もんだが、俺に指導する自信はねえんだよ」

この指導を〝いしゃ・は・くち〟の治療に降りかかってきた現実問題としてとらえていた。

鋼次の話を真剣な顔で聞いていた桂助は、

「ただし、すでに虫歯削り機はアメリカに発注されてしまっています。わたしから長与様に、〝いしゃ・は・くち〟の現状を踏まえた、ただし書き付きでお引き受けする旨をお伝えすることにします」

と告げると以下の文を書き送った。

虫歯削り機を御調達いただいているとのことですが、この器械の習得には年季が要ります。わたしたちもアメリカで時をかけて修業しました。虫歯を削る刃の部分を、いわば手に持った筆のように使いこなせるほどでなければ危険だからです。

また指導を引き受けることで、〃いしゃ・は・くち〃の治療に支障が出てしまっては、これはもう本末転倒というものです。

現状を申しますと多数の習得希望者の指導ではなく、適性のある方々に限った特訓ということであれば、何とかご意向に添えるのではないかと思います。

藤屋桂助

長与専斎様

するとただちに長与から以下の返事が届けられた。


承知いたしました。我らは虫歯削り機に無知ゆえ、ついつい、器械は便利で誰でもコツさえ覚えればたやすく動かせると思ってしまうのですね。

愚かでした。

どうかそちらのやり方でこちらからお届けする、〃いしゃ・は・くち〃における二台目の虫歯削り機を有効にお使いください。

長与専斎

藤屋桂助様

こうして桂助たちの元に新たな虫歯削り機が横浜から届いた。桂助は長与の勧めで以下のような求人案内を新聞に掲載した。

湯島聖堂桜坂　〝いしゃ・は・くち〟

虫歯削り機による西洋流虫歯治療の実践者求む。

掲載日から求人が大勢詰めかけてきた。口中医の若い子弟もいたが、西洋嫌いではあるが何とか職を得ようとしている元武士たちや、新しい西洋の技を身につけて、いずれは富を得たいと望む商家の次男や三男、新しいもの好きでただ経験してみたいだけという不埒《ふらち》な輩《やから》もいた。

鋼次はこうした者たちを房楊枝《ふさようじ》作りでふるいにかけた。板の土台に針を等間隔でびっしり並べ、これに同じ大きさに揃《そろ》えた木の枝の端を通す房の作り方と、木槌《きづち》で丹念に木枝の端を潰《つぶ》すやり方のどちらかを選ばせたのである。まずはこれが第一関門であったが、何と応募してきた全員が針の山に通す方法を選んで失格した。

「皆さん、手作業よりも針に通す方が今風で進んでいるとでも思ったのかしら？　代々の口中医の子孫ともなれば手先は器用であるはずなのに残念ね」

志保が洩《も》らすと、

「房楊枝職人とその技を馬鹿にして、軽く見ていたんじゃねえのか」

鋼次もため息をついた。アメリカの病院で修業をしていた時、桂助同様、器用で丁寧な鋼次の手技は院長のブラウンにたいそう賞賛された。その際、鋼次が木槌で叩くやり方で房楊枝を拵《こしら》えて見せて、日本にいる頃はかざり職だけでは食えないので、これで糊口《ここう》を凌いでいたと告げると、相手は〝ブラボー〟と叫んで、虫歯削り機による治療の極意は、鋼次の示した丁寧な房楊枝作りに通じるという意味のことを言った。

「本当に残念です」

桂助も知らずと腕を組んでいた。

「でも、まあ、俺はちょっとほっとしてるよ。志保さんもそうだろ？」

鋼次に相づちをもとめられた志保は、

「ええ、まあ」

曖昧に言葉を濁して頷いた。

房楊枝作りという第一関門に合格した応募者には、虫歯削り機の使い方を教えることになっていた。第二関門で歯と同じくらい固い石等を削る訓練をしてから、最後には実際に人の歯を削ってもらうという進行であった。

――いくら何でもあそこまではどうかと思ってた――

実は志保は真から安堵《あんど》していた。

というのは桂助は最終審査に際して、患者さんの歯を削らせるわけにはいかないから、自身の歯を削ってもらってその力量を試すと言い出していたからである。桂助の口中に虫歯はなく、試すために削らせる歯は問題のない犬歯や臼歯であった。

「前歯と奥歯では削りの難易度が違いますからね。それと虫歯の進み具合によっても削り方が異なりますので、そちらの方もやってみていただきたいですね」

などと桂助は言った。

「削った痕はどうするんだい？　深く削っちまうとそこから虫歯になったり、化膿したりするぜ」

この鋼次の問いにも、

「そこは詰め物をすれば済むことでしょう」

桂助は難なく躱《かわ》した。

そこまでの覚悟をしていた桂助はなおも、

「残念です」

と繰り返した。

こうして届いた虫歯削り機は鋼次が治療している隣の部屋に置かれたまま、使われることなく何日かが過ぎた。

そんなある日のことである。

「お邪魔しまーす」

〝いしゃ・は・くち〟の戸口で元気な若い男の声が響いた。桂助も鋼次も診療中だったので志保が応対に出た。

「わたしは小幡英之助《おばたえいのすけ》という者です。叔父《おじ》の小幡篤次郎《とくじろう》から、こちらで西洋流虫歯治療の実践者をもとめていると聞いてきました。是非、わたしにその機会をください」

飾らない言葉で頼んできた小幡英之助は、手足がやや短めな小柄でくりっとした目の童顔、それでもざんぎり頭に小袖と袴《はかま》という書生姿なので、二十歳《はたち》は過ぎているだろうとは思われた。手には大きな縦長の包みを手にしている。

「そうでした。これは叔父が故郷《くに》の中津《なかつ》からこちらへ移して株分けした紫陽花の鉢です。挨拶代わりに持参するよう言われました」

英之助は包みを解いた。

「あら」

志保は、鉢植えの茶色く枯れた紫陽花の土が乾ききっていることに気がついた。

「どうか、これを」

英之助はその紫陽花の鉢を差し出した。

「とりあえずはお預かりして紫陽花に水を補っておきます」

草木好きの志保は水不足の紫陽花を見捨てることができなかった。

「紫陽花、こんな様子なのに水が要るんですね」

へえと首を傾《かし》げる英之助に、

「枯れているようで生きているんですよ。水をやらないでおいて、根まで乾いて死んでしまっては大変です」

志保が応えると、

「それ、歯と同じなんだ」

相手の目が一瞬きらっと光ったように見えた。

四

桂助と鋼次は診療に一区切りついたところで、応接間で待っていた英之助に会った。

「実は、今朝方届いたあなたの叔父上からの文を今読ませていただいたところです」

桂助は、英之助の叔父で福沢諭吉の右腕と言われている、小幡篤次郎からの文を手にしていた。

文には以下のようにあった。


はじめてお便りさせていただきます。

盟友にして師と仰ぐ福沢諭吉先生にご紹介をお願いした、同郷の小幡篤次郎でございます。甥《おい》にして医術開業試験の受験を希望している、小幡英之助のことでご挨拶させていただく次第です。

英之助は年少の頃は学問好きとはいえず、村の子らと朝から晩まで遊び回っておりましたが、ある時からこれからの世は学問であると気づき、たいそう熱心に勉学に励み、この国の未来に役立つ人間になろうと決意し、新しい医療である歯科に行き着いたとのことです。

そんな英之助がどうしても〝いしゃ・は・くち〟で修業したいと申しますので、まずは当人を見てやってほしいと思い、ご迷惑は承知で伺わせることにいたしました。

英之助に持参させる紫陽花は、あのシーボルト先生の庭よりいただいた枝を、蘭癖《らんぺき》大名と称された中津藩主が挿し木で増やして藩内に広めた、正真正銘シーボルト先生の紫陽花でございます。

どうか、歯科治療を極めようと邁進《まいしん》している英之助の心意気の一端としてお納めいただければ幸甚です。

小幡篤次郎

藤屋桂助先生

フィリップ・フランツ・フォン・シーボルトは江戸末期、長崎は出島《でじま》にあるオランダ商館付きの医師である。蘭方と呼ばれた西洋医学の効能をいよいよ江戸幕府も大きく認めざるを得ず、シーボルトは特別に長崎市内に住まうことを許された。そこは鳴《なる》滝塾《たきじゅく》と呼ばれ、集まってきた医者たちは、白内障の手術をはじめとするさまざまな外科術や種痘法《しゅとうほう》等、最新の西洋医学に触れ、シーボルトを神のごとく崇拝した。

日本滞在中に多くの植物の採取や調査に力を注いだシーボルトは、日本原産の種である、美しい紫陽花に魅せられてこれを故国に持ち帰り、遊女だった日本人妻の楠本《くすもと》滝《たき》（愛称・オタキさん）の名にちなんだオタクサと名づけて世界に紹介している。

このオタクサと共に天才医師シーボルトの伝説は、今でも特に長崎近隣では生きているに違いなかった。しかし、

「シーボルト先生はきっと歯抜きもなさったんでしょうね。長崎でシーボルト先生が残されていった歯抜き等の歯科道具を見せていただいたことがあります。使い勝手がよさそうなものでした。でも、シーボルト先生に思い入れてばかりいては駄目だと思います。これからは如何《いか》に歯抜きをせずに治療するか、早くに虫歯を見つけて治療するかだと思うからです」

と英之助は言い切った。

「ふん、偉そうに――」

鋼次は鼻を鳴らして、

「ってえことは、あんた、虫歯削り機を使いこなせるってわけかい」

英之助を睨《にら》むように言った。

「わたしはエリオット先生に学びましたので。先生はとかく日本人は忠実な習いがで

きないから、到底自分の指導にはついてこられないだろうと、日本人の弟子はとられませんでした。ですからわたしが先生の唯一の弟子なのです」

　相手は胸を張った。

「しゃらくせえ。こちとらはアメリカの病院でみっちり何年も修業してるんだ。昨日、今日、ちょいと聞こえた歯医者の弟子になって威張ってる奴とは違うんだぜ。桂さんなんて、あんたの師匠だってえ、よくわかんねえ、エリオットなんてのより早くからこの国に来てる、あのウエストレーキ先生と文のやりとりだってしてる」

　鋼次は言い募った。

「まあまあ」

　とうとう桂助は見かねた。

「わたしはまだ、小幡君からここを訪れた目的を聞いていません。まずは話してください」

「そんなの、わかってるじゃねえか」

　鋼次の追撃に、

「鋼さん」

　桂助はぴしりと咎《とが》めた。

「ここの〝いしゃ・は・くち〟の皆さんがアメリカへ行き、いち早く虫歯削り機での治療を習得していることは知っています。また、近頃、働き手をもとめていることも、広告を見ました。わたしもすぐに応募しようと思ったのですが、叔父篤次郎に止められました。まずは集まってきた人たちの中から選ばれればそれにこしたことがないというのです。叔父や福沢先生は長与専斎先生と親しすぎるので、わたしが選ばれては、医術開業試験で口中科の試験官になる藤屋桂助先生にご迷惑がかかりかねないと。こちらの先生はその手の伝手《つて》や贔屓《ひいき》を嫌う方だからとも。とはいえ、わたしはどうしても自分がエリオット先生から培った力を、虫歯で苦しむ大勢の人たちのために使いたい。その一念で参りました」

英之助は訪れた経緯を淀《よど》みなく話した。

「あーあ、もうここで雇われる気になってやがる。厚かましいってえか、たいした自惚《うぬぼ》れだね」

鋼次が嘲ると、

「いくら何でも、少し酷《ひど》すぎます」

英之助は唇を噛んで拳《こぶし》を固めた。

「では鋼さん、ここは前の時のように一つ、試験を課してはどうでしょう?」

桂助の言葉に、

「そうさね。そうさせてもらうよ。この先、伝手があるだけでろくにできねえ奴に引っ掻《か》き回されたくねえからな。といってもすぐに用意はできねえ。試験は明日にしてくれ」

鋼次はむっつりした顔で言い、

「わかりました」

英之助は腰を上げた。

翌日、鋼次は英之助のために房楊枝作りの試験を課した。英之助は器械で仕上げる房楊枝には目もくれず、ためつすがめつ、数ある柳の枝の中から用いる枝を見極めた後、木槌を使って丹念に仕上げた。出来上がった房楊枝の房はほどよい固さとしなやかさで、頬に当てても心地よかったが、

「ふん」

鋼次はまだ得心できずにいて、

「志保さん、あれ持ってきてくれ」

見守っている志保の方を見た。

「あれって？」

「あれだよ、あれ。志保さんのおとっつぁんの道順《どうじゅん》先生の形見」

「ああ、あれね」

鋼次が言っているのは志保の父佐竹《さたけ》道順が遺《のこ》した文箱《ふばこ》であった。文箱は蓋や箱の一部の塗りが剝げていた。志保は塗りの直しに出そう、出そうと思いつつもその日延ばしになっていたが、

「漆の塗りはやったことがある。俺が暇を見て直してやるよ」

という鋼次の言葉を鵜《う》呑《の》みにしていたふしもあった。

「これです」

志保は引き出しにしまっていたその文箱を取ってきて差し出した。

「こいつを直してくれねえか」

鋼次は英之助に顎をしゃくった。

あの急流と紫陽花の重箱ほど精緻《せいち》な塗りでも絵柄でもないが、桜の花が重なっている文箱の蓋や箱の一部は細かい絵柄で、その部分の漆の塗りがぱらぱらと剝げている。

「こいつは房楊枝とは違う。けど人の歯に虫歯削り機を使うのは、いじるのはこれぐれえ細かな仕事だぜ」

鋼次は言ったが、

「漆の調達や乾かしたりが要るので日数はかかりますが、必ず直します」

英之助は言い切った。

そして数日後、約束通り、英之助は道順の形見の文箱の漆を塗り直してきた。

「まあ、すっかり元通りだわ」

志保は感激し、

「そうよね、鋼さん」

相づちをもとめられた鋼次は、

「まあ、まあな」

渋々頷いた。一方、

「いよいよですね」

桂助は次の段階を示唆《しさ》した。

桂助は虫歯でない自分の歯を削らせる気でいたのだが、これを耳にしていた金五が、

「それじゃ、俺の虫歯を差し出すよ。鋼次兄貴の虫歯削り機治療、いいっていう人が増えてて、俺も一度やってもらいたいって思ってたとこなんだ。でもここへ来る時は

他に急ぎの用があったりして、患者さんも待ってたりするとなかなか言い出せなかった。いいですよ、沢山ある俺の虫歯を使ってください。何も桂助先生が虫歯でもない自分の歯、どうにかすることないんだからさ」

と英之助の試験台を買って出てくれた。

「よろしくお願いします」

そうは言っても、実際の施術となると金五は緊張の極致だったが、

「どうか、気持ちも身体も楽にしていてくださいね。軽い方の虫歯を削るのですから。神経には触るか、触らないかです。ですので虫歯削り機の音は子守歌ぐらいに思っていてください。はい、口を開いて」

にっこり笑った英之助は如何にも手慣れた様子で虫歯削り機を手にした。

治療を終えた金五は、

「残念だけどこれの音、子守歌には聞こえなかった。でもこの先抜かずに済むと思えば、時々きーん、つーんと来る痛みは何とか我慢できるよ」

やや顔をしかめながら評した。

五

「さあ、これで合格。小幡君には〝いしゃ・は・くち〟で鋼さんと共に虫歯削り機による治療に当たっていただきます」

桂助は告げた。

「ありがとうございます」

英之助は深々と頭を下げ、

「ま、いいだろう。実はこのところたしかに待たせる患者が増えてて、焦ってたんだよ。治療を早く済ませればなんとかなるなんて、高括《くく》ってたけど、そうは言っても、雑な削りで虫歯のとこを残すわけにはいかないしな。これだけできりゃ、てえしたもんだよ。とはいえ、何かわかんねえことがあったら何でも聞いてくんな」

鋼次は本音を洩らしつつ、持ち前の親切心を披露した。

「よろしくお願いします」

英之助はまた頭を下げたが、

「ああ、でも、お聞きすることなど特にはもうないと思います。わたしはエリオット先生について上海《シャンハイ》に渡ってかなりの数の治療を体験してきましたから。厳しいので有名なエリオット先生から〝小幡、おまえならもう大丈夫、日本に帰って歯痛に苦しむ患者を診るように〟とお墨付きをいただいています」

鋼次に向けて胸を張った。

「へえ、そうかい。日本人も異人と知り合って海を渡ると、持ち前の謙遜《けんそん》とは縁もゆかりもなくなっちまうもんだな」

鋼次は一転して仏頂面になった。

「それよりわたしは——」

英之助は桂助の方に向き直って、

「あなたの痛くない歯抜きにとても興味があります。叔父と文部省医務局の長与専斎先生は親しく、その長与先生によれば、政府があまねく広めようとしている歯科材料を含む歯科技術は、虫歯削り機や抜歯用の器具等に代表されるのですが、これに高額な麻酔は入っていないようなのです。ですので患者さんたちは麻酔抜きで虫歯削り機での治療を受け、抜歯されることになります。麻酔なしでの重度の虫歯削りは直《じか》に神経に触ります。それでも何とか、痛みで跳び上がって動く患者の頭を助手たちが押さえつつ、施術者が痛みを最小限に止《とど》める技を見出《みいだ》しましたが、抜歯の方はかなりの痛みを伴います。失神する患者も出てくるでしょう。そのせいでせっかくの新しい歯科技術、虫歯削り機治療までもが受け入れられにくくなる可能性はあります。これは口中治療に関わる者にとって本意ではないはずです。徳川の世から〝いしゃ・は・くち〟に藤屋桂助あり、と評されてきたことは知っています。桂助先生の痛くない歯抜きは今でも天下一とされています。どうかその技、わたしにもご伝授いただけませんか？」

英之助はひれ伏さんばかりに低頭した。

「こともあろうにおまえ——そんな——」

鋼次は絶句しつつ、

「中津の田舎者《いなかもの》とはいえ、あつかましいにもほどがあるぞ」

叫ぶように怒り、

「あれは桂さんだからこそできる神業なんだ」

と続けると、

「それでは口中医の秘伝隠しと変わりませんよ」

英之助も負けてはいなかった。

一方の桂助は、

「そうですか、秘伝隠しですか――そのように誹《そし》られてもわたしから小幡君、あなたに教えることはできません。あなたの虫歯削り機治療の腕は確かです。信頼しますので今後存分にここで腕をふるってください。よろしく頼みます」

淡々とした口調で告げて痛くない歯抜きの伝授を断った。

そして、桂助は小幡篤次郎と長与専斎に向けて以下の文を書き送った。

甥御様、小幡英之助様の訪問を受けました。口中医の資質は充分にあると見込ませていただきました。とても優秀です。ご当人の希望により、虫歯削り機治療をお任せすることになりました。福沢諭吉先生のご紹介だからお引き受けしたわけではなく、厳正な適性審査を経て、〝いしゃ・は・くち〟で治療を行う仲間として受け入れさせていただいた次第です。

また、シーボルト先生ゆかりの紫陽花の鉢を賜り感謝にたえません。もう少し早く生まれていれば、わたしもシーボルト先生にお会いできたのにと、悔やまれたことがたびたびありました。シーボルト先生は蘭方が陽《ひ》の目を見ていなかった頃の唯一の光だったと思います。

大切に育てて、初夏にはシーボルト先生のオタクサ花を目にしたいものです。ありがとうございました。

藤屋桂助

小幡篤次郎様

厳しい審査の結果、小幡篤次郎様の甥御様、小幡英之助君に〝いしゃ・は・くち〟に入ってもらうことになりました。なかなか適した人材に恵まれず、お贈りいただいた虫歯削り機が使われずに、埃《ほこり》をかぶりかけていた時だっただけに何よりでした。英之助君の〝いしゃ・は・くち〟での身分は、虫歯削り機治療専門の働き手です。わたしの弟子でもなければ預かりともしていませんので、もう一人の働き手同様、相応の給金を支払わせていただきます。この旨、ご理解いただきますよう、お願い申し上げます。

藤屋桂助

長与専斎様

この二人からは以下の返事が来た。

愚甥《ぐせい》小幡英之助を受け入れていただき、ありがとうございました。取り得はエリオット先生も兜《かぶと》を脱いだほどの負けん気にして一本気ですので、どうか存分に働かせていただければ、当人も本望なことでしょう。

このたびはご無理をお聞き届けいただきありがとうございました。

小幡篤次郎

藤屋桂助先生

お手紙拝見いたしました。ようは小幡英之助は働き手であって、預かりでも弟子ではないという新時代に合ったお考え、まことにうがったものと感心いたしました。医術開業試験、口中科の試験官である藤屋先生のこのご判断は大変賢明です。万事承知いたしました。

長与専斎

藤屋桂助先生

この手紙を見せられた志保は、

「小幡篤次郎様の文は甥御さんのことを喜んでおられるのですが、長与専斎様の方はさすがに政府の高官、意味深なお返事ですね」

洩らさずにはいられなかった。

「わたしが預かりや弟子にしなかったのは、試験官のわたしが小幡君を贔屓した、ひいてはこれは不正だと見做《みな》されないためですから」

「そうとは知らず、英之助さんはあれ以来、あなたにはふくれっ面でろくに口も利こうとしませんね」

「自身の生まれついての資質を活かしてやってきた今の小幡君にとっては、〝万事為《な》せば成る、為さねば成らぬ何事も〟なのでしょう。しかし、小幡君のような若すぎる身では、人の世には時に成してはならぬこともあるとはわからない。わたしは気にしていません。小幡君、ふくれっ面も可愛《かわい》いですよ」

――そうは言っても英之助さんが来てから、桂助さんだけはいつも通りとはいえ、鋼さんなんて、人のいない場所で、拳固めて癇癪《かんしゃく》を抑えてるし、ここは今何となくぎくしゃくしてて重苦しい。政府の重いお役目を引き受けるのは、ようは政《まつりごと》に巻き込まれるっていうことなの？――

志保は珍しく暗く沈んだ気持ちになっていた。

「あなたに、医術開業試験の口中科の試験官のお役目さえ降って来なければ小幡様は――」

訪れることもなかったはずだという言葉を、志保は呑み込んだ。

「たしかに今まで通り、志保さんと鋼さんとわたし、時折、事件と関わっての患者と共に飛び込んでくる金五さん、馴染《なじ》みの人たちばかりで〝いしゃ・は・くち〟は平穏だったと思います。けれども時は止まってくれません。そして人には与えられた使命があります。わたしが試験官を引き受けざるを得なかったのも、おそらくわたしには従うべき課せられた使命があるからでしょう」

そう前置いた後で桂助は、

「さて、ここからは医術開業試験の話をします。今の世がもとめているのは一般医科である、西洋医学に基づいた内外科医が主です。後は暫定的に内科、外科、産科、眼科、整骨科、そして口中科です。これらは専門科ですので内科、外科とも一般医科の内外科より高度な西洋医学の技量が問われます。出産に関わる産科、白内障の手術を行ってきた眼科は、江戸の頃から蘭方を取り入れてきているので、かなりの腕の専門医がいます。問題なのは整骨科と口中科です。整骨科は骨接《ほねつ》ぎの他に鍼灸《しんきゅう》や按摩《あんま》を兼ねることが多く、漢方治療の一種と見做されているでしょう。口中医は長く秘伝の継承で閉ざされ、虫歯削り機治療とは縁もゆかりもない感があります。わたしが案じているのはこの二種の科に、合格者が出ないのではないかということなのです」

と続けて一度言葉を切った。

六

「ということは、政府の方針は漢方系の医療や、古くから続いてきた秘伝の術を一切なくしてしまうということなのですね」

志保の言葉に、

「それから民間療法も葬り去られることになるでしょう。惚《ほ》れ薬といってイモリの黒焼きを売っていた者たちが、捕縛されたことは金五さんに聞きましたが、西洋人の目に奇異に映るものは全て駆逐されてしまいます」

桂助は言い添えた。

「それに漢方医や整骨医、口中医まで入れられて、公の医療から排除されてしまうのですね」

志保はため息をついた。

——口中医の子弟たちは鋼さんの試験に受からなかったのだから、仕方がないのかも

しれないけれど──

「御一新は政府だけではなく、国民ともども欧米に追いつけ、追い越せ、富を得よの時代になりつつあります。このまま、国家公認の医術開業試験で歯の専門医が一人も出なければ、口中医に代わって、虫歯削り機治療に秀でていて、高額な麻酔代を払える向きには麻酔による痛み緩和で治療を行う、口中よろず治療屋だけが跋扈《ばっこ》して主流になりかねません。気がついた時には口中の治療が公であるべき医療から切り離されてしまうのです。足や手が不自由になったり、腰を傷《いた》めて動けなければ日々の暮らしに関わります。けれども歯や口中は従来同様、後回し、いざとなれば抜けば済むと思われがちです。直には人の命に関わらないこともあり、政府がつい見逃してしまう懸念はありました」

「長与専斎先生はそのことに気づかれていて、あなたを口中科の試験官にと、口説かれにおいでになったということになりますね」

「お断りした時は正直、鋼さんや木床義歯《もくしょうぎし》で身を立てている入れ歯師の本橋《もとはし》さんのことが頭を掠《かす》めました。けれども引き受けるきっかけは、長与様の説得だけではなく、日本古来の伝統医学の利点を後世に遺すには、今はもうこれしかないと心から思い定めることができたからです。ですから応募してきた人たちが、一人も鋼さんの試験を突破できなかった時は、どうしたものかとかなり悩みました。そこへエリオット先生に鍛えられた小幡英之助君が訪れてくれて、鋼さんの難問を全て乗り越えてくれました。虫歯削り機治療の腕は日々使っていないと鈍ります。わたしは、小幡君にはわたしだけではなく、誰もが拍手喝采を惜しまぬ成績で医術開業試験を突破してほしいのです」

「でも英之助さんの方では、痛くない歯抜きの伝授を断ったあなたに多少の恨みを抱いているようですよ。それ、実はあたしも辛いんです」

「いずれ伝授することもあるでしょうが、今は駄目です。小幡君は技だけではなく勘もいいのでわたしが伝授したら、すぐにも自分のものにして住んでいる先ででも実行しかねません。それを他に知られでもしたら大変なことになります。試験に受かったのも裏があったように言われてしまったら、小幡君の前途も虫歯削り機治療の普及も叶《な》いません。わたしは長い長い先に、虫歯削り機治療で、多くの人たちが一本でも多くの歯を失くさない医療制度が整うことを祈っています。それには、何としても小幡君に医術開業試験口中科合格者の第一号になってもらわねばなりません。そうしなければ先ほども言ったように口中よろず治療屋、商人《あきんど》が医療の実権を握ってしまい、大道芸よりたちの悪い闇の治療や歯抜きがはびこって、徳川の時代よりも深刻な事態になりかねないのです」

言い終えた桂助は、

「そろそろ鋼さんや小幡君も一休みの時間です。二人には力の補給が必要でしょう。志保さん、二人のために美味《おい》しいお茶とお菓子をお願いします」

と言って立ち上がり、志保は、

「そうそう。鋼さん、英之助さん、二人とも一番好きなクッキーはチョコレート入りなんですよ。英之助さん、上海でエリオット先生の下で修業をしてた時、〃楽しみなのはお八つのお菓子だったけど、先生は——クッキー、クッキー、アメリカ、チョコレート——っておっしゃって、当地のアーモンド入りのクッキーには顔をしかめておられた〃って言ってたわ。エリオット先生、とても厳しい方でウエストレーキ先生のようにはお弟子さんを沢山持とうとしなかった方だけに、英之助さん、先生への想いが深いようでした」

と告げた。

あの時の鋼次の拳は気になり続けたものの、それからしばらくは安穏といえる日々が続いた。〃いしゃ・は・くち〃から給金を得るようになった英之助は、叔父の家を出て下宿住まいになり、通ってくる様子も少し変わってきた。以前にも増して治療に熱心で生き生きとして見える。

——若いって羨ましいわね——

そう思った志保がふと鋼次と目が合うと、その目はやはりまだ怒っているように見えた。

——鋼さん、日本では自分だけだと自負していた虫歯削り機治療を英之助さんに見せつけられたので、張り合おうとしてるのはわかるけど、そんな向上心とは別に何とか気持ちを通じあわせてほしいものだわ——

志保は心の中でため息をついた。

そんな折、桂助の元へ英之助の叔父小幡篤次郎からこんな文が届いた。

〝いしゃ・は・くち〟の働き手である、小幡英之助はそちらでお役に立っておりましょうか。と申しますのは当家を出て以来立ち寄ることもなく、中津の実家にも一通の文も寄越《よこ》してこないのです。

早くに生みの母を亡くした英之助は、父親への敬愛と継母《ままはは》への気遣いを持ち合わせているというのにです。

わたしが気になっているのはそちら様にご迷惑をおかけしていなければいいが——

ということなのです。二十歳を過ぎて海外生活の経験もある英之助はもう立派な大人、過剰な心配だとはわかってはおりますが、上海で修業している時でさえも、父親やわたしに文を寄越していただけにやはり案じられます。

小幡篤次郎

藤屋桂助先生

これを読んだ桂助は、

「どうしたものでしょうか」

途方に暮れて志保に手紙を見せると、

「小幡様のご心配は働き先のここを飛び出して、どこかへ行ってしまっているのでは？　などということではありませんね。そんなことになったらいくら何でもこちらから連絡しますから」

と先を続けて首を傾げた。

「ですのでお返事のしようがありません。困りました」

「ようはお身内であるだけに、英之助さんの日々の暮らしぶりが気になっておられるのではありませんか？　手紙一通寄越さずにいったい、何をしているのかと気になっておいでなのです。東京は悪所と呼ばれる遊び場もありますし――。士族の小幡家は、医術開業試験を控えた身の英之助さんが道を逸《そ》れては元も子もなくなると、案じられているのだと思います」

志保は思うところを口にした。

「なるほど。といって、家に帰った後の時間は、弟子でも預かりの身でもない小幡君の自由ですよ。こちらでとやかく詮索《せんさく》はできません。小幡篤次郎様のお気持ちは重々わかるのですが――」

桂助は珍しく困惑の表情を浮かべ、

「志保さんに心当たりはありませんか？」

苦しまぎれに訊《き》いた。

「わたしは日々、朝、英之助さんを迎えて三時にはお茶を用意し、夕方には送り出すというだけですので、これといった心当たりはありません。むしろ隣り合って治療をしている鋼さんの方が、何か気がついてるかもしれないですね」

志保は英之助が帰った後、鋼次に訊いてみた。

「鋼さんは英之助さんのこと、あまりよく思ってないのかもしれないけど」

まずは例の拳を固めた話に触れると、

「そういや、そんなことあったな。でもありゃあ、若造になんか負けてたまるか、こちとら年季が違うってえ、俺流の武者震いなんだけどな。奴はよくやってるよ。技量のある奴なら多少いけ好かなくても俺は認める。こっちが追いつかれちまうんじゃねえかってほど、めきめき腕を上げてる。そうはいっても負けん気の強さじゃ、俺だって負けてない。あれはそれだけのことさ」

「そう言ってほしかったわね」

志保は苦い顔になって、

「そんな英之助さんのことだけど、何か変わったことはなかった？」

やっと切り出した。

「まあ、いけ好かなくなくなったよな」

「鋼さんを敬うようになったってこと？」

「そうじゃねえ。前は治療に次ぐ治療で一切休まなかったけど、このところは治療と治療の間にぼんやりしてることがある。患者が待ってるのにな。俺が〝おい〟って声掛けると、ちょいと赤くなった顔で〝あ、つい――すみません〟なんて殊勝な返事をする」

「熱でもあるのか、疲れてる、その両方なのではないかしら？」

「あの若さで、この治療で手が止まるほど疲れることなんてないぜ」

最後の一言にだけ鋼次は皮肉を込めた。

七

――鋼さんは相変わらず厳しい。金五さんなら英之助さんについて、何か気がついているかもしれない――

志保は英之助の試し削りの治療を受けてから、通ってきている金五に尋ねてみようと思い立った。金五の虫歯は当人が自慢していたように沢山ある。

「このまま放っておくといずれ歯抜けになりますよ」

英之助はわざと厳《いか》めしい顔をつくって金五に告げた。以後、金五は真面目《まじめ》に通い続けていた。

――あの二人年齢《とし》もほぼ同じだし――

金五の訪れるのはたいてい夕刻なので、英之助と連れ立って帰っていくこともある。

――話をしていてもおかしくはない――

「ちょっと金五さん」

この日、志保は治療を終えて戸口へ向かった金五を引き留めた。

「訊きたいことがあるのよ」

志保の言葉に頷いた金五は居間の椅子に座った。

「英之助さんのことだけど、ここの外でも話とかしてるんじゃない？」

「うん、まあ」

「何か悩みでも抱えてるってことない？」

「まあねえ、でも——」

「わかってるのなら教えてちょうだい。力になりたいのよ」

「うーん」

しばらく考え込んでいた金五は、

「英之助先生、俺の長屋に越してきたんだ」

「どうして？　英之助さんは篤次郎叔父様のお知り合いの家に下宿してるはずよ」

「事情を聞いて勧めたのは俺なんだよ」

「事情って？」

「篤次郎叔父さん家《ち》にいる時からそうだったらしいけど、食べ物が合わないんだって。

ほら、福沢諭吉先生がしきりに牛乳だのバターだのを摂《と》った方がいいって言ってて、篤次郎叔父さん家でも倣ってるんだって。もちろん下宿先も同じで――」

「でも、チョコクッキーとかのお菓子は美味しそうに食べてたわよ」

「お菓子の類は別腹なんだと思う」

――だったらここに寄宿してくれればいいのに。うちの食事は和と洋を偏らないように作っているから、気に入るとまでは自惚れないけど種類はいろいろある――

そう口から出かかった志保だったが、

――ああ、でも、ここに寄宿じゃ、お預かりになってしまう。英之助さんのためにならない、駄目ね――

かろうじてその言葉を呑み込んで、

「英之助さん、どんなご飯が好きなの？」

差し障りのない問いに替えた。

「それがさ、英之助さんの故郷《くに》って海が近くて新しくて美味しい魚が食べ放題なんだってさ。刺身を甘辛胡麻醤油《ごまじょうゆ》につけて飯にのせる〝温飯《あつめし》〟とか、獲《と》れたての魚の腸《はらわた》を出してすし飯を詰める〝丸ずし〟とか、腸をとって白焼きにした魚をほぐし、焼き味《み》噌《そ》と合わせて当り鉢で当たって砂糖や酒、胡麻で味付けして出汁《だし》でのばして飯にかける〝さつま〟とか――」

「聞いてるだけでよだれが出そう」

「でしょ。でも東京じゃ、英之助さんの故郷ほど魚は安くないから大変らしい。湯にいわし等の雑魚《ざこ》のぶつ切りを入れて、酒と味噌で調味する〝ぶえん汁〟は、豆腐の買える時にはそれも加える。雑魚と大根とか牛蒡《ごぼう》、人参なんかを一緒に煮る〝ぼけ汁〟。こういうのが英之助さんの好物なんだ。とはいえ、これを欠かさず食べてると米にまで金は回らない。それで、英之助さんは米の代わりに〝ねんこ〟を食べてる」

「〝ねんこ〟？」

「〝ねり〟ともいうんだそうだ。唐芋（さつまいも）を柔らかくなるまで煮て、潰して煉《ね》り上げるんだ。熱いうちは飯茶碗《めしぢゃわん》で食べて、冷えると握ってお八つにする。俺、〝ぶえん汁〟や〝ぼけ汁〟は付き合えるけど、米の代わりの〝ねんこ〟となると喉が詰まりそうで無理。だから今は交替で汁物だけ作っているんだよ。その方が節約できるしね」

「英之助さんの悩みが食べものだったなら、金五さんとの自炊で万事解決じゃないの」

「そのはずだけどな」

金五は知らずと首を傾げていた。

「他に思い当たることがあるのね」

志保は追求を止《や》めなかった。

「急流に紫陽花の絵柄のお姫様重箱」

金五はぽつりと呟いた。

虫歯削り機による治療を拒んで歯抜き屋でさえもない似非《えせ》の手にかかり、頭巾を被って倒れていた男の手当を桂助は引き受けたことがあった。後で金五の養父の知り合いであると知らされ、骨董的な価値が非常に高いと思われる重箱を治療費の代わり、矜持《きょうじ》のこめられた謝礼としてもらったのだった。

「あの家つながりで奥方様に娘さんの口中治療も頼まれた。娘さんの名は香里《かおり》、年齢《とし》は十四。娘と言っても血がつながっているのは頭巾の男とだけで、母親はあの家に仕えてた下女だっていう。下女に手がついて子が生まれると、たまたま子どもに恵まれない出入りの商人なんかに貰《もら》われてくって話、あるよね」

「よく聞いたわね、そういう話。でも、どうして今になってお姫様重箱のお家にいるの？」

「貰ってくれた先が御一新で上手く立ち回れなかった駕籠《かご》屋で、たいそうな借金を背負っちまったんだって。心労のあまり養母は流行病《はやりやまい》であっという間に死んで、養父は飲み屋の女を家に入れた。血のつながった父親のところへ香里を返すように言って譲らず、お屋敷まで願い出てきたのも、この継母だってえ話だ。うちの長屋にあの重箱屋敷に仕えてて、近頃、お役を解かれた飯炊き婆《ばばあ》がいるんだよ。その婆さんから聞いた。もちろん、あの奥方様のことだから相応のことはしたろうって。あっちはそいつが目当てだったんだろうしって。ただでさえ苦しい台所だってえのに酷い奴もいるもんだって、奥方様贔屓の婆さん息まいてたよ」

「今の世の中にはありがちだけど悲しい話ね。誰よりも香里さんが傷ついてるんじゃないかしら？」

──香里さん、十四歳にはとても見えなかった──

志保は目鼻立ちの整ったやや大人びてきつい印象を受ける寡黙な少女を思い出した。

──古風なお母様に育てられたどこかのご令嬢かと思っていたけれど──

香里は常に非常に品のよい和服を身につけていたが、御所車とか手毬《てまり》の絵柄等、どれも古典的で流行のものとはほど遠かった。

「そうかもしれないけど──」

一度言葉を止めた金五が、

「英之助さんの悩みってもしかして、香里さんのことかもしれない」

思い切って言った。

「もしかして、それって――」

志保は他人事《ひとごと》ではあってもいくらか頬を赤らめた。

「ん、そういうことならありかなって、俺は思う」

――今の英之助さんにこういうことは御法度じゃないの――

とはいえ、はっきりとは言えず、

「あれだけ綺麗な娘さんですものね、無理もないわ」

志保はため息に代えた。

すると、

「それ違ってるよ」

金五が大真面目な顔を向けた。

「あら、英之助さんが想ってて相手の気持ちが気になるのではないの？」

「たしかに香里さんには英之助さんしかいない。でもそれは、どうやら、愛だの恋だのっていうふわふわ楽しいもんじゃなさそうなんだ」

「でも香里さんには英之助さんしかいないんでしょう？　どうして、そこまで香里さんはそんな風に思い詰めているの？」

志保は話が見えずにいた。

「英之助さんもそこのところはくわしく話してくれていない。ただ、香里さんの歯が虫歯でもないのに夜も眠れないほど痛むのは、知覚が異常に過敏になる病で心の重さや緊張感ゆえだろうって、こればかりは口中治療では治しようがないって。もし、英之助さんが悩んでいるとしたら、技でも励ましでも治せない、心の病についてなんじゃないかと思う」

金五のため息は重かった。

そんなある日、香里が治療に来ていると、

「こちらに今、香里という名の娘がいるはずなんだがな」

年齢の頃は四十七、八、羊毛の肌着の上に〃駕籠屋〃と藍色の地に白く染め抜かれた法被《はっぴ》を重ね、赤い襟巻を首に巻いた白髪交じりのざんぎり頭が戸口に立った。

「待たせてもらいますよ」

短軀《たんく》をさらにちぢこめるようにして、その男は待合室に向かおうとした。

「患者さんですか」

志保は訊いた。

「いや。会いたいのは香里です。わたしは父親です」

男はやや傲然と言い放った。

「でしたら、こちらでお待ちください」

八

応接間に案内した志保が紅茶とクッキーを並べるとその男は手をつけない。

「お茶の方がよろしかったでしょうか」

男が頷いたので志保は煎茶《せんちゃ》と羊羹《ようかん》を運んだ。すると相手は、羊羹を一口でぱくりと食べて茶をぐいと飲みほした。ただし重苦しい空気は変わらない。

青ざめた面持ちの香里の隣に診療を終えた英之助が座り、桂助と志保は二人の両脇に腰かけて、香里の父親と称する男と向かい合っている。

「香里のもう一人の父親です。御一新前までは祖父の代からそこそこ大きな駕籠屋助《すけ》三《ぞう》を営んでいました。主の名は代々屋号にちなんで助三。御一新で姓をいただいて今は上村《うえむら》助三がわたしの名です」

上村助三は意外にも、思い詰めた険のある表情とは裏腹に、元は大きく商っていた家業への誇りゆえなのか、恥ずかしくないきちんとした挨拶をした。

「あなたは、香里さんのもう一人のお父さんだとおっしゃっておられるそうですね」

口火を切ったのは英之助だった。香里は応接間に入ってきた時からうつむいている。

「それは紛れもありません」

助三は法被の片袖から折り畳んだ文を出して、

「ここへ通っている香里に何度となく頼んでいるのですが、どうしても聞き入れてもらえません。それでもう、これしかないと思ったのです」

香里に差し出した。

ふと上げた香里の顔が驚愕《きょうがく》して青ざめた。

「おとっつあん、そんな――」

ああっと呟いて声もなく香里は泣き崩れた。

差し出された文は、英之助が読んで桂助たちに回した。以下のようにあった。

わたし香里は理由《わけ》あって駕籠屋助三の養女となり、両親は実の親のごとく、何不自由なく慈しみ育ててくれました。さらに理由あって生を受けた実家に戻ることになりましたが、駕籠屋助三の家との縁は切れることなく、今後も愛情深く見守っていきたいと思っています。

香里

上村助三様

「これが何か？」

桂助が口を開いた。香里の出自のことはすでに志保から聞いて知っている。

「実は知り合いに徳川様が認めた公事宿《くじやど》をやってた者がいて、相談したんですよ。そうしたら、この文がある限り、大身のお旗本の血を受けたにもかかわらず、わたしたちが育てた香里には、こっちが出るとこに出たら、恩を返す義理があるんじゃないかっていうんです。公事宿をやってたその知り合いは御一新を上手くすり抜け、お上とも懇意にしてます。だから、もうこの文がある限り、香里は窮乏しているわたしたちを愛情深く見守ってくれなきゃなりません」

助三は感情がほとんど感じられない声で淡々と話した。

「つまり、香里さんに金を出せということですね」

英之助は助三を睨《にら》んだ。

「ここまで公事に通じておられるのなら、香里さんがご生家に戻られた時、そちらは相応の請求をなさったのではありませんか？」

桂助は指摘した。

「ええ、それはいただきました。しかし、この娘は十四歳ですよ。十四年間分の育て料にはほど遠い額でした。ですので、それはそれとしてこちらは香里に自分で文に書いたような愛情を形にしてほしいんです」

助三の言葉に、

「でも、失礼ですけど、香里さんがそのような金子《きんす》をお持ちとは思えません」

志保が初めて口を開いた。

「こっちは香里のこづかい銭を当てにしてるわけじゃありません。あの御大家ならお役目や禄《ろく》を失くしたからといって、俺たちのようにすぐ暮らしに困ることなんてあり得ないし、お蔵にはお宝が唸《うな》るほどあるはずでしょう？　風の便りじゃ、近くどこかへ御家臣と一緒に移って、百姓をして暮らすって話じゃないですか。俄か百姓なんて所詮、上手くいくわけありません。そんなもののために売られたお宝の銭《ぜに》が使われるなら、少しはこっちのことも考えてほしいもんですよ。香里は当主の父親か、夫を立てて献身的だという評判の継母に、ちょいと泣きついてくれるだけでいいんですよ」

助三はふふふと笑った。

「おっかさんは？　あたしを産んだおっかさんは？」

香里は低く呟いた。

「おまえのおっかさんは御大家に厨《くりや》の下働きに行ってただけの大工の娘だ。御当主のお手付きになっておまえを産んだ後、実家に戻されて近くの桶屋《おけや》に縁づきはした。だが、何年か前の大火事で本人もろともおまえの血縁は一人残らず焼け死んでる。貧乏は貧乏なりに手に職はあったんだから、生きてりゃ稼いでて、何とかしてくれたかもしれないがな。だから、俺もおまえも頼りになるのは、今の御大家の御当主と奥方様だけなのさ。だから、頼むよ、香里、この通りだ」

助三は突然ソファーから飛び下りると床の上で丸くなってひれ伏した。

「今、あたしがいる家だって大変なんです。そしてここを離れての暮らしはもっと大変に違いないんです。ですから、わたしは今の両親にお金の無心なんてできません。助三のおとっつぁんがどうしてもというのなら、あたし一緒について行かないでこの身を売ります。御一新になってこういう話、珍しくはありませんから」

言い切った香里の上げた顔には並々ならぬ決意が表れている。さすがに、

「香里、そんなことまで――」

助三は絶句した。

「どれほど窮乏しているのです？」

英之助はおそらく立て替える覚悟のようであった。

「正月には親戚の手前、門松や餅、新しい下着や晴れ着がなけりゃって、今の女房がきかないんだよ。どうしても、どうしても、どうしても――って毎日のように聞かされる。だからさ、どう仕様もないのさ。こいつにだけは愛想をつかされたくないんだ、俺は――」

助三はうつむいてしょんぼりと肩を落とした。

「そのくらいならば――」

切り出しかけた英之助の言葉を志保は、

「お正月の支度のためにということは、次はお彼岸とかお節句、お盆とか、そのたびに物入りになりますね、そちらのお家では。しきたりとか行事って本当に大変ですもの――」

と遮って桂助の方を見た。

「そちらのお話はよくわかりました。こちらも、何とか、香里さんの文にあった、愛情深い見守りを叶えるべく力になりたいと思っています」

桂助はそう告げて立ち上がると、助三のために応接間の扉を開けた。

助三が帰って行ったのを見すまして、

「先ほどおっしゃったことは取り消してください」

と英之助が告げると、

「ええ、でも、いざとなったら、もうそれしか、わたしにできることはないと思っていました」

香里はまたうつむいている。

「たとえ育ての親であっても、こんなことまで言わせるなんて、あの助三という男は根っからのろくでなし、悪い奴です。類は友を呼ぶ、連れ合いも同類です。妻としてあるまじき女です。そのせいで香里さんの口中は知覚過敏が高じて、ろくに眠れぬほど悪くなってるんですよ。許せません」

英之助は怒号を発した。

「それはあんまり酷いわ」

香里が応じて、

「助三のおとっつぁんは子ども好きなんですよ。ですからあたし、いつも、〃おとっつぁん、おとっつぁん〟て後を追って遊んでもらってたの。おとっつぁんの方も〝香里、香里〟って。〝目に入れられるものなら入れちまいたいよ〟なんて。美味しいものを食べに連れて行ってもらったり、晴れ着や羽子板、数えきれないほど買ってもらった。おとっつぁんの駕籠屋、とっても繁盛してたんですよ。贅沢なお弁当を仕出してもらっての花見はもとより、一家総出で湯治にまで出かけることもありました。だから、今のおとっつぁんは子どもみたいにあれほしい、これやってとなついてくれて、それが叶わないとなると癇癪を起こす、若くて新しいおっかさんが可愛くてならないんだと思います。今のおっかさんだってそう悪い人じゃないはずです。お願い、二人を悪く言わないで」

と続けた。

「香里さんは大人ですね」

志保が微笑《ほほえ》みかけると、

「いつの頃からかは、はっきりとは覚えていないんですが、自分の楽しみのためだけに生きるのではなく、多少は人の役に立ちたいと思うようになりました。その頃からおとっつぁんを追いかけなくなったような気がします。だから、おとっつぁん、寂しかったはず。でもこればかりは仕様がない——」

香里は自身もやや寂しげな目になった。

九

「まずは香里さんに早まったことをしないでほしいです。お気持ちのままになされば助三のお父さんだけでなく、血のつながったお父さんも、娘の取り返しのつかない決断に平静ではいられないはずですから」

桂助は香里の身売りをしばし思い止まらせて、志保に屋敷の近くまで送り届けさせることにした。二人を玄関まで見送ってから金五を呼んだ。

香里が養父母にしたためた手紙を読み、くわしい事情を聞いた金五は、

「たしかにご一新の後はお役目も禄も失くしたお侍さんたちや、何代も続いてて金持ちだった大店の娘さんの身売りは珍しかないんだよ。娘に苦界に沈んでもらわなきゃ、借金で首が回らなくなってたり、一家が路頭に迷うこと、結構多い」

やや暗い表情になって、

「でもさ、香里さんは今はあのお屋敷の娘に戻ってるんだろ。そんな身で身売りすることなんてないよ。ここでの治療だって、そもそもあの奥方様が東京を離れたら、た

とえ歯が痛んでも、なかなか治療の機会がないから、後で禍《わざわい》する虫歯があるかどうか、診てもらった方がいいって、俺に頼んできたんだしさ。血がつながってなくても香里さんへの母親らしい温かい気持ちはあるんだよ。香里さんが助三に頼まれてるんだって聞けば、旦那に内緒で壺《つぼ》の一つや二つ、惜しまずに売って銭に替えてくれるに決まってる。そういう観音菩薩《かんのんぼさつ》みたいな女《ひと》なんだ、あの奥方様。お屋敷に戻す娘の育て料、がっぽり取ったに違いない上に、その娘にまでたかろうとしてる育ての親の助三とかって奴とは、月とすっぽん、人の出来が違う」

英之助同様の憤懣《ふんまん》を露《あら》わにした。

「今ここで香里さんが金五さんのおっしゃるように、奥方様、お継母《かあ》さんに助三さんからの無心を打ち明ければ、この場は一応片が付くでしょう。しかし、この手の無心はあの文がある限り続くのではないか、と香里さんは懸念しています。わたしも同様に思います。ずっと今まで富裕に暮らしてきた助三さんは、老いも寂しさも手伝い、若く新しい奥さんのことも含めて、暮らしぶりを極端に変えることはできそうにないからです」

桂助の言葉に、

「だけどあのお屋敷の人たちは徳川様ゆかりの三河《みかわ》だって聞いてるけど、別の場所に移り住んで田畑を耕して暮らすって聞いてるよ。まさか、その助三だって、そこまで無心に追いかけていかないんじゃねえか？　助三はそこらのごろつきじゃないんだしさ」

金五は首を傾げたが、

「そうは思えません。ごろつきではないからこそ、文の言葉を頼りにどこまでも育ての娘とその一家を追いかけ続けるのではないでしょうか。生まれた時、実の父親に見放された娘を養女に貰って慈しんだ者としてそれは当然のことであり、ただただ自分は香里さんに純な親孝行をもとめているにすぎないと思い込むこともできますしね。もっともこれは香里さんの想いを想像してみただけですが、おおむね当たっているはずです。香里さんは、新天地をもとめるお屋敷のご両親や、付き従う家臣の人たちに迷惑をかけたくないと思っているはずです」

桂助は香里の想いを代弁した。

「なら、その文をどうにかすればいいんだよ。文さえなければ——。ああ、でも文は助三が後生大事に持ってるよね。まさか盗むわけにもいかないし——」

金五は何度も首を捻《ひね》った。

「金五さんに公事師《くじし》の知り合いはいませんか？　助三は公事宿に知り合いがいると話

していました。おそらく香里さんの文をこちらに持ち出す知恵を授けたのは、長く公事宿に泊まっていて訴訟に長じてきている知り合いではないかと思います」

桂助は切り出し、

「公事師のことはわたしも頭を過《よぎ》りました」

英之助も言い添えた。

公事師は徳川将軍の頃にあった生業で、民事訴訟の代行をした者である。今で言う司法書士、弁護士である。〝公事三年〟という諺《ことわざ》があるほど裁きの決着には時間がかかり、そのために地方から出てきた訴訟人が、何年も滞在していたのが公事宿であった。

「今は公事師って言わないんだ。仏蘭西《フランス》を参考にして明治五（一八七二）年に司法職務定制が公布されて、代言人《だいげんにん》って言うんだけど、助三の知り合いって訴訟人自身じゃなくて、なりすましの代言人で、一枚嚙《か》んで分け前をせしめようって奴なんじゃない？　代言人の中にはまともにやってるのもいるけど、和解の斡旋《あっせん》や証言者になりすましたり、古い借金証文なんかを買い取って、訴訟人を蚊帳《かや》の外にして相手側に金を出させたりしてる、とんでもない奴もいるんだ――」

「金五さん、さすが一等巡査ですね。よく知っていますね」

桂助に褒められて一瞬嬉《うれ》しそうな表情を浮かべたが、すぐに、うーんと腕組みをして、

「知ってる詐欺師まがいの代言人は山ほどいるけど、まともな代言人となるとねえ。こっちは仕事柄、ろくでもない代言人ばかり取り締まってるってわけだし」

金五は首を横に振った。

「思い当たらない――。俺って肝心な時に役に立たねえなあ」

鋼次を真似《まね》て、固めた拳でがんがんと頭を叩いた。

するると桂助は、

「あなたならまともな公事師、いえ代言人が思い当たるのでは？」

英之助を見つめた。

「わたしが？」

英之助は目を白黒させて、

「わたしは東京に出てきたばかりですよ。まともな代言人の知り合いなどいるわけがないでしょう？」

反論する時の癖で唇を尖《とが》らせた。

「あなたの叔父様の小幡篤次郎様です。篤次郎様は盟友の福沢諭吉先生と共に『学問

のすすめ』を出されています。『学問のすすめ』は西洋の思想、学問や文化等の受容を目的とした名著です。当然、福沢先生もあなたの叔父様もこれからの裁判の在り方に対しても一家言おありでしょう。医術同様いずれ、代言人にも試験が課せられるようになるでしょうが、こうした新政府の改革に福沢先生や篤次郎様が無関係だとは到底思えません。むしろ積極的に支えているのではありませんか？」

桂助の言葉に、

「叔父にこの件を相談してみろというのですか？」

英之助の唇はますます尖った。

「わたしがエリオット先生に認められたのは叔父の口添えではなく、誰の力も借りずに談判したからです。それと何よりこの仕事は技です。技に始まり技に尽きる。伝手や口先ではありません」

言い切った英之助に、

「もちろん、わかっていますよ。けれども、エリオット先生があなたを受け入れたのはあなた自身の力だとしても、よろしく頼むと頭を下げたのは叔父様の篤次郎様ではありませんか？　世の中は一人が持ち合わせている力だけではなく、人と人の絆で成り立っています」

桂助は噛んで含めるように言って、

「わたしも、このような文をあなたの叔父様や福沢先生からいただいているのです。あなたをよろしくとの内容です」

ポケットから手紙を出して英之助に渡した。

それを読み終えた英之助は桂助に返すと、

「今いる公事師いえ代言人だって詐欺師まがいの者ばかりではない、まっとうな者もいるはずです。そんな代言人を、草の根を分けてもきっと探し出してみせます」

と決意のほどを示した。

それからほどなく、桂助のもとへ小幡篤次郎より次のような文が届いた。

過日は愚かな身内の情をお伝えしてしまい、いささか恥じていたところへ英之助が頼み事にまいりました。〝いしゃ・は・くち〟で英之助が診ている患者の一身上のことで悩んでいた折、あなた様からの御助言を受けたとのことでした。それというのは、実施が決定した弁護士開業試験に受かり得る実力にして、できれば徳川の世から公事師の務めを謹厳実直に続けていて、今に至る方を紹介してほしいということでした。

ふさわしい方がいましたので頼んでみるように申しましたところ、〝叔父さんはいつもそうやって突き放したような言い方をしておいて、その相手に丁寧な文で挨拶するのですね〟などと、今まで一度も申したことのない殊勝な言葉が英之助の口から出ました。

これも愚かな身内ゆえの情なのか、この甥の急な成長がうれしくて涙が出るほどでした。早速郷里にいる、英之助の病気がちの父親にも伝えるつもりです。ようやっと、気かんきの息子が一人前になったとたいそう喜ぶことと思います。

ありがとうございました。

ことの首尾の方は英之助がお伝えすることでしょう。

小幡篤次郎

藤屋桂助様

この手紙を読んだ桂助はなぜか、すぐには返事を書かなかった。

十

〝いしゃ・は・くち〟を訪れた助三はそれからずっと、香里の後を尾行《つけ》ては〝いしゃ・は・くち〟に現れた。その目は常に〝正月の支度代、支度代をくれ〟と訴えている。

助三は無心を今の両親に伝えることのできない香里は、青い顔で〝いしゃ・は・くち〟の玄関に立った。志保には英之助の顔もいくらか青ざめているように見えた。

そんなある朝、出勤した英之助は、

「あの男と話をさせてください。いろいろ書類が整って今日は話をつけることができます。できれば鋼次さんも。後で証《あかし》を立ててくれる人は多いほどいいように思います」

桂助に乞うた。

「わかりました。そのように申し上げましょう」

承知した桂助は、志保にそのことを助三に伝えるように告げると、

「いよいよ小幡君の勝負です」

と洟らした。

応接間には助三と香里、診療を終えた英之助、桂助、鋼次、茶を淹れた志保が加わってソファーに腰を下ろした。

「やっと親孝行する気になって話してくれたってわけかい？　そうだよな、香里」

言葉とは裏腹に助三の顔は緊張している。香里は俯《うつむ》いたままでいた。

「事情はわたしからお話しします」

英之助が切り出し、

「これを用意いたしました」

書類を二枚、助三の目の前に置いた。

「まさか、借金の借用証文じゃあねえだろうな」

助三のこめかみがぴくりと動いた。

「そうではありません。これは覚書《おぼえがき》というものだそうです。今後のこともありますので、代言人の方にお願いして作っていただきました。どうか、お目通しください」

英之助に告げられて助三は覚書二枚に目を落とした。

「こちらにも同様のものがありますので、ここにいる皆さんには聞いてもらいましょう」

英之助はすでに用意してある二枚を取り出すと、声に出して読み始めた。それは以下のようなものであった。

覚書

これは現阿部香里こと、旧名上村香里が上村家から離籍するに際して、香里自身がしたためた文にもとづく、上村助三への親孝行の証である。生を受けて以来、十四年間の慈しみに対しての感謝として、養父上村助三に金五百円（一説によると現在の約一千万円）を贈るものとする。

もう一枚にはこの文面の後に以下のような一文が添えられていた。

なお、これは十四年間分の恩恵への感謝の総額であるゆえ、今後、香里の親孝行は入籍先の両親に向けられるものとする。上村助三への親孝行はこの覚書と金五百円をもって完結、終了する。

「そしてこれはそちらのお望みのものです」

読み終えた英之助は金包みを、助三の前に置いた。

早速それに手を伸ばそうとした助三に、

「覚書に署名、捺印《なついん》をお願いします」

英之助は言った。

「はいはい。その手のものは、ちゃーんといつも肌身離さず持っておりますよ」

助三は矢立と印鑑を胴乱《どうらん》（鞄《かばん》）から取り出した。早速、加筆されていない方に名前を書いて判を押す。

「もう一枚にも、お願いします」

英之助は急《せ》かしたが、助三は矢立と印鑑を胴乱に収めてしまった。

「そっちはどうにも気が乗らねえよ。理屈ばかり並んでて、金で親子の縁が切れちまうようでさ」

しかめ面でため息をついた助三は老け込んで見えた。

「しかし、加筆があるもう一枚は、あなたが署名捺印された一枚目の説明なのではないかと思います。一通目に十四年間の慈しみに対しての感謝とあるのが、加筆されたものでは十四年間分の恩恵への感謝の総額と言い換えられていますから。ようは、同じことをよりわかりやすく記してあるだけなのでは？　わたしにはそう読めましたが——」

桂助は英之助の方を見た。

「その通りです」

英之助は大きく頷いた。

「そんな、だって、香里と縁が切れちまうなんて——。嫌だよ、俺は嫌だ。香里と親子でなくなっちまうなんて」

助三はしどろもどろになった。

「おとっつぁん」

香里は振り絞るような泣き声になったが顔は上げようとしない。

「何とかしてくれよ。〝上村助三への親孝行はこの覚書と金五百円をもって完結、終了する〟なんて酷すぎるじゃねえかよ、あんた」

助三は英之助を睨みつつ懇願した。

「今の一文が書かれた二枚目にも署名、捺印してくださらない限り、香里さんの親孝行の証はさしあげられません」

「そんなこと誰が書くもんか」

そう言いつつも助三の目は金包みに注がれている。

「あなたが二枚目に署名、捺印しないで済むやり方が一つあります」

英之助の声は感情が抑えられている。

「どうすりゃ、いいんだい？」

助三は金包みと英之助の顔を交互に見ていた。

「この前見せていただいた香里さんがあなたに宛てたあの文を、こちらへお返しくだされればこの加筆された方は破り捨てましょう」

「そんなこと言ったって、今は持ってねえよ」

「そんなことはないいんじゃないかな」

鋼次が話に割って入った。

「俺はこの話、そう詳しくは知らないけど、血はつながってなくても、生まれた時から引き取って、可愛がって育てた一人娘が、生まれた家に戻る時に書いたもんだってことだけは聞いてるよ。俺があんただったら、絶対肌身離さずに持ってる。その胴乱の中じゃないのかい？」

この鋼次の洞察と飾らない物言いに、助三は横に置いていた胴乱を引き寄せると、

「ま、仕様がねえか」

件《くだん》の文をテーブルの上に投げつけた。

こうしてこの文と覚書と引き換えに金包みが助三に渡され、加筆された方の覚書は破棄された。

胴乱に金包みをしまった助三は無言で〝いしゃ・は・くち〟を出て行った。

「おとっつぁん」

と香里は叫んだが助三は振り向かず、香里も後を追おうとはしなかった。

「取り戻した香里さんの文は必ず焼き捨てるようにとのことでした。いいですね」

英之助が念を押すと香里は頷いた。

後日、鋼次は、

「ああしとけば、二度と助三は香里に無心はできねえんだろう？　出るとこに出ても大丈夫ってことだよな。それにしても小幡の奴、どうせ伝手を頼っての始末だろうけど、なかなかよくやったよな。たいしたものだった」

感心した口ぶりであった。

「それにしても五百円なんて大金、どうしたんだい？　桂さんが藤屋の女大将のお房さんに借りたのかい？」

鋼次は訊かずにはおれず、

「まあ、そんなところですよ」

さらりと躱した桂助は、香里の生まれついた家の名や主のことも含めて、詳しくは語らなかった。

一方、金五は、

「ほんとにこのこと、あそこの旦那様や奥方様に知られなくてほっとしたよ。これバレてたら奥方様は何とか工面するだろうけど、旦那様の方はあの通りの御気性だから、香里さん、実の父親とはいえ居たたまれないんじゃないかな。ほんとに身売りしちゃったりして、とんでもないことに——。だから、御一新からえらく羽振りのいい中江さんがあの急流と紫陽花の重箱を一目見た時から気にいってて、ぽんと即刻買ってくれたのは地獄に仏。おかげで波風立たずに済んだ。桂助先生と中江さんに感謝だよ」

感慨深く言った。

香里は今、お屋敷の両親と家臣たちとの旅立ちの日に向けて準備をしているという。軽度の虫歯も一、二本あったものの〝いしゃ・は・くち〟での治療は終えている。

「英之助さん、少し寂しそうですね」

志保は英之助には香里への想いがあったと見ている。

「たしかに。でも小幡君はこれで一皮剝《む》けた、人として成長したはずです」

桂助は微笑んだ。

そんなある日の午後、志保が軒下の紫陽花の鉢の水やりをはじめていると、

「手伝わせてください」

英之助が前に立った。

「この枯れているのが花を咲かせられるなんて、前は信じられませんでしたが今なら信じられます。いえ、信じたいのです」

英之助の目は真剣で濡《ぬ》れているようにも見えた。

――一応のけりはついたものの、香里さんの心はまだ枯れたままだわ。これから先行き、自分を里子に出して捨てたに等しい実の父親と、可愛がってはくれてもいざとなると無心のタネにした育ての父親との間をきっとさんざん彷徨《さまよ》う。自分を無条件で愛してくれた父親はどこにいるの？　それとも生まれついてから一人もいなかったのかって――。たいていの人は父親の愛を受けて育つだけに、香里さんの、親の愛に渇いた苦しみははかりしれないことでしょう。けれども傷ついたその心は誰にも助けられない。今の英之助さんでも。英之助さんはそのことがわかっていて、香里さんを静かに見守りたいのね――

「お願いします。初夏にはいただいた、シーボルト先生ゆかりの紫陽花の開花が楽しみですものね」

志保は応えて、水桶《みずおけ》を英之助に渡した。

第二話　うさぎ草

一

春は足早に通り過ぎて初夏は梅雨とともにはじまる。志保《しほ》が丹精したシーボルト花、紫陽花《あじさい》が青紫色の可憐《かれん》にして風情のある花をつけはじめている。その中には真冬に小《お》幡英之助《ばたえいのすけ》が持参したものもある。

「シーボルト花、咲きましたね」

志保がもうすっかり〝いしゃ・は・くち〟の一員である英之助に話しかけると、

「まだまだです。わたしの花はわたしが咲かせなければなりません」

緊張した面持ちでの応えが返ってきた。歯科の実践に精進する英之助にとって、医術開業試験は日々確実に迫ってきているのだった。

「ここまでできれば受かるなんていう基準、どこにもありませんから」

そう呟《つぶや》いて焦りを洩《も》らすこともあった。

医術開業試験の中で、口中科部門の試験官に正式に任じられた桂助《けいすけ》は、理由を英之助に話して一切の指導を断っていた。

一方、〝いしゃ・は・くち〟の離れには、七日ほど毎《ごと》に幾つもの柳行李《やなぎごうり》が運び込まれている。これに付き添っているのは、桂助の妹で藤屋《ふじや》商会の社長お房《ふさ》であった。

「大事なものなんですからね、気をつけて」

お房は馬車から柳行李を運び込む奉公人たちに声をかけるのを忘れない。

「それにしても毎回増えているね」

桂助は、常は入院患者用の病室にしている座敷に運び込まれた柳行李の数に目を瞠《みは》った。

「兄さんには無理を頼んで申し訳ないけど、あたし、とても放ってはおけないのよ」

お房は柳行李の蓋を取った。

「さあ、出ておいで。もう大丈夫だから」

優しく言い聞かせるように話しかけて、お房が抱き上げたのは一羽のふわふわとした毛並みのうさぎであった。

「さあ、先生に診《み》てもらいましょうね」

桂助にそのうさぎを渡した。

桂助はすぐにうさぎの口中を診ると、

「やはりこれは爪切りだな」

うさぎのような草食動物は飼育していると特定の餌しか与えられないので、野生下でのように自然な摩耗がなされないので、とかく歯が伸びる。ここでの爪切りとは歯削りのことであった。

「何しろ、餌を食べなくなると捨てたり、鳥屋に売ったりする人たちが多いのよ。お上は鳥屋売りを勧めてるけどあたしは合点がいかない。鳥屋は鶏肉と偽って、二束三文で仕入れたうさぎを肉にして売ってる。それが高い牛鍋を食べられない人たちのせめてもの文明開化だなんて、お役人たちは陰で笑ってるんだとか。ふざけないでほしいわね。第一ちょっと前までは高値がつくせいで、蝶《ちょう》よ、花よともてはやされてたうさぎたちが可哀想《かわいそう》すぎるわ」

大声を出したお房は、怒った時の癖で頬を膨らませた。

「まあまあ、そう怒りなさんな。怖がりやのうさぎの脈が速くなってる。この子にはのんびり爪切りを受けてもらいたいな」

桂助は膝に抱えたうさぎの歯に小型のやすりをはしらせている。

「ああ、いい子だったな」

毛並みを撫《な》でて終わる。

「あの子は爪切りだけ？」

お房が念を押した。

「口中を傷つけるほど歯は伸びていなかったのが幸いした。固い人参を食べなくなったぐらいのことだろう？」

「それだけのことでぽいと捨てたり、売ったりするんだから酷《ひど》い」

お房の怒りはまた心ない飼い主たちや世の中へと向いた。

空前絶後と言っていいうさぎの飼育の大流行が起きて極まったのは、昨年のことであった。発端は海を渡って運びこまれた外来種うさぎであった。日本の山野に棲息《せいそく》してきたうさぎは毛色が茶色や赤茶色、褐色の野うさぎで、これらに比べて外来種は毛並みに白い部分があって耳が長かった。当初の外来種うさぎは牛や豚と並んで食用だったが、そのうちのカイウサギに分類されるうさぎは、人になついて愛くるしく愛玩《あいがん》用として飼いやすかった。

片や、白くて目が赤いうさぎは突然変異種として知られていたが、白蛇同様滅多に見かけるものではなく、いつしか想像上の尊い生きものとして、神または神の使いとしての崇拝を受けるようになっていた。ところが、海外では突然変異種の白うさぎもカイウサギとして定着していて、日本人が白いうさぎを非常に好むと知られると、あえて相当数船荷に加えられたのである。

そして一度大阪や東京にうさぎ飼いの流行の波が高まると、それはもう留《とど》まるところを知らず、多くの人々がうさぎの繁殖で利を得ることを夢見るようになった。一時、雌の美しい白うさぎが六百円（一説には現在の約千二百万円）で取引されるほどの投機対象となっていたこともある。

「白うさぎ崇拝の源は清《しん》国の昔の長寿の願望にたどり着きます。東晋《とうしん》（三一七～四二〇）の道教の教説書『抱朴子《ほうぼくし》』によれば、うさぎの寿命は千年で、寿命の半分、修行を続けることで、元々は白くなかった毛色が尊い白色になると記してある。それで白いうさぎは縁起が良くて、天下平穏の象徴と言われてきた。その影響で日本の〝因幡《いなば》の白うさぎ〟も大国主命《おおくにぬしのみこと》に命を助けられるのだが――これは何とも――」

何羽ものうさぎの爪切りをしていた桂助は眉をひそめた。

うさぎの投機に興じる人たちの多くは白うさぎを繁殖させて増やせば、本業よりも儲《もう》かると思い込み、本業を疎《おろそ》かにしてしまうことが多かった。見かねた大阪府に次いで東京府がうさぎ飼いをしている者たちに一羽につき一月に一円（現在の約二万円、一年で約二十四万円）という税金を課した。これが明治六（一八七三）年のことで以後、うさぎ飼いは以前ほど盛んではなくなり、うさぎの価格は暴落しつつあった。

「酷いな」

桂助の膝の上の一羽は、毛並みが薄汚れている上に痩せて目立って弱っていた。

「黄連解毒湯《おうれんげどくとう》では駄目なの？」

お房は心配そうにその一羽を見つめた。

黄連、黄芩《おうごん》、黄柏《おおばく》、山梔子《さんしし》を合わせた黄連解毒湯は人だけでなく、うさぎの口内炎にも効き目がある。

藤屋商会は医薬品を扱っていて、お房は黄連解毒湯に用いる生薬だけでなく、他にも必要な漢方生薬を桂助のために都合している。

「この子の口中は頬の内側、舌、歯茎等に水疱《すいほう》ができて赤く爛《ただ》れている。相当前から口中がしみて食べ物がとれずにいたはずだ。おそらく人参だけではなく、オオバコ等の青物やおからさえも食べられずにいただろう。涙さえ出ている。本能で生きるために何とか食べようとするが、食べ物を入れずに口を動かすだけでも相当痛むのだ。ここまで酷い口内炎だと、人なら熱を出して寝込んでいるところだよ」

「あたしなら、〝何とかしてよ、しなさいよっ〟って大騒ぎして泣きわめくところよ。それなのにこの子ったら――こんなになっても大人しくて、うさぎって何って健気《けなげ》なんでしょ」

お房は目を瞬《しばた》かせつつ、

「何とかしてあげて、お願い、兄さん」

「伸びすぎた歯のせいで、重度の口内炎に苦しめられていただけでなく、食べ物が充分に消化できなくなっていて、胃や腸もおそらくひどく荒れている。酷い口内炎の原因は胃や腸にもある。口内炎と胃や腸を同時に癒やさねばならない。爪切りはその後にしよう」

桂助は爪切りの前に半夏瀉心湯《はんげしゃしんとう》を煎じて、弱り切っているうさぎに飲ませた。半夏瀉心湯は半夏、黄芩、黄連、人参、乾姜《かんきょう》、大棗《たいそう》、甘草《かんぞう》を合わせたもので、口内炎を伴う胃腸病に効き目があった。

こうしてお房が持ち込んだ二十羽ほどのうさぎの治療が進んでいく。

「よかった、たいていの子たちは爪切りが済むと元気に食べてる」

お房は柳行李と一緒に持ち込んだ人参やオオバコ、ヨモギ等の葉物をうさぎたちに与えて、ほっと安堵《あんど》の吐息をついた。

「兄さんが、おからは与えてはいけないというからこうしているのよ。オオバコにクズ、タンポポ、ナズナ、ノゲシ、ハコベ、ヨモギなんて言われたって毎日、摘み菜を与えるのは大変。何とかたっぷり食べさせられるほど手に入るのは、オオバコとヨモギぐらい」

「おからは滋養があっていいが、うさぎたちには柔らかすぎる。ろくに噛《か》まないで済むから歯がすぐ伸びてしまう。口内炎の主原因は餌のおからにあると言っていい」

「その滋養のあるおからも、沢山の子うさぎを産ませるためだったんですもの。いくらうさぎ飼いが流行《はや》っているからと言っても、お金のためにうさぎを飼って、高く売れる白うさぎを増やそうというのはそもそもよくないことよ。生まれても毛色が白くなかったりする子は、すぐに殺して捨ててしまうか、犬猫の餌にでもしてたんでしょうから。そもそも生きものは犬猫でも鳥でも、亀や金魚でも飼う以上は慈《いつく》しまなくては――。それにうさぎはどの子もまるでふわふわの雲に取り囲まれてるみたい。触ればぬくぬくの新しいお蒲団《ふとん》にくるまれてるのと同じ。捨てたり鳥屋に売るなんて考えられないわ」

お房は、満足そうにうさぎたちが食事を摂《と》る様子を眺めた後、

「あれほど〝生きている文明開化〟、〝美麗うさぎ〟だなんて言われて、うさぎの持ち主たちの番付表までできて、うさぎは貴重がられてたのに、うさぎ税のせいで二束三文になってからは、買い叩《たた》いて毛皮は帽子や襟巻き、絞めた肉でしめこ鍋なんていう新しい商いになってる――」

一度唇を噛みしめてから続けた。

「実はあたし、うさぎを愛《め》でる会に誘われて一度行ったことがあるのよ。ほら、江戸

の昔、鶉《うずら》の鳴き声を競い合う会があったでしょ、あれみたいなのがうさぎが高騰してた頃はそこかしこにあって。うさぎの耳の長さや目の大きさの他に白一色じゃない、黒ウサギの雄との間に出来た、更紗《サラサ》模様の柄の子が好まれて競売されてたわ。何でも二千四百円（今の約四千八百万円）で取引されたっていう話。更紗模様入り白うさぎを産むかもしれない孕《はら》み白うさぎの元手は、黒うさぎとのかけ料を入れても八百円（今のおよそ約千六百万円）ほど、それで更紗模様入りの白うさぎが生まれれば大儲けというわけ。〝更紗の上、耳が長くて目の大きい子がいますよ〟なんて、寄ってくる仲介人がもう下品で下卑てて、鶉会の風流は古き良き思い出なんだとしみじみ思った。今はもう何でも商いなのね」

そこでまた唇を噛むと、

「白地に黒の更紗模様、そして赤い目。考えてみればわたしたち日本人が大好きな黒髪、白塗りの顔、真っ赤な紅をはいた唇に通じるものがあるわね。でも、やっぱりこれ馬鹿げてる。慣れ親しんできた日本の美人に、西洋の白うさぎを重ねての文明開化なんてどうかしてる。殺されたり、捨てられたりする可哀想な白うさぎたちはどうなるのよ。あたしにできることなんてたかが知れてるし」

お房はやや自虐的な物言いで憤懣《ふんまん》をぶつけて俯《うつむ》いた。

二

そんな妹を、

「そんなことはないよ。お房は持ち主に処分されそうな白うさぎを買い取って、うさぎ税を払ってもいいという、真のうさぎ好きに無料で譲っている。そもそもうさぎは草食で毒のない雑草ならなんでも喜んで食べる。犬や猫よりずっと手間もお金もかからない生きものなのだから、今まで値が高すぎて飼いたくても飼えなかった人たちは、きっと喜んでお房の白うさぎたちを迎えてくれるはずだよ。お房は自分にできることはやってるよ。人は神様にはなれないから、全部のうさぎを一挙に救うことはできない。物事は何事も、一歩一歩の積み重ねなんだから」

桂助が宥《なだ》めたところへ、

「金五さんがいらしてますよ。あなたにご用の向きがあるようで、めずらしくむずかしい顔です」

廊下を歩いてきた志保が障子を開けた。

「わかった、今行く」

桂助は薬籠を持って腰を上げると、

「それじゃ、あたしもそろそろお暇《いとま》するわ」

「半夏瀉心湯を煎じた子だけはしばらく預かるよ。食が戻ったらお房のところへ届けよう」

「よろしくお願いします」

お房は、柳行李に入れたうさぎたちと共に帰って行った。


金五《きんご》は応接間のソファーに縮こまるかのように座っていた。

志保が紅茶とパウンドケーキを運んできた。

「金五さんの好きなチョコレート味よ」

そう言って勧めると、

「それじゃ」

金五はフォークを手にした。

「これ、いったい？――」

首が傾《かし》げられる。

「おからのチョコケーキよ。小麦粉の代わりにおからと卵、牛乳、砂糖、ココアをよく混ぜ合わせて、重曹で膨らませて作ってみたの」

「おからのチョコレートケーキか」

金五はフォークを持つ手を止めて、

「何だかうさぎになったような気がしてきた」

ふうとため息をついた。

「豆腐屋さんがまた、仕事をはじめたのですか？」

桂助は尋ねた。

このところ、この界隈《かいわい》で長く続いてきた豆腐屋が休業に追い込まれていた。豆腐はさっぱり売れず、うさぎ飼い熱に踊らされた俄《にわ》か豆腐屋が店を構えるようになり、おからだけが売れに売れていた、紺屋でも染めに欠かせない大豆汁の廃棄物であるおからまでもが、当然、売り物になった。うさぎを多数飼って一攫《いっかく》千金の夢を広げようとする人たちの中には、おからを買わず、大豆を臼で挽《ひ》いておからを得ている者もいたが、たいていの者たちはうさぎのためにおからを買っていたのである。そのせいで、うさぎのためのおからは買えど、膳に上らせる豆腐は節約のため買われなくなり、豆腐屋は店を休まざるを得なくなっていた。

「いいえ、患者さんが治療代にっておからを沢山置いていかれたんです。その患者さん、畳屋さんの奥さんで、うさぎを六十羽飼ってて、自分でおからを作っていたのだけれど、うさぎ税のせいでうさぎを手放すしかなくなったのだそうです。一羽に一月一円の税がかかるのに六十羽もいたんじゃ、とてもこの先払いきれないからって。で、もうおからは要らないんでせめて治療代にしたいっておっしゃったんです」

志保の言葉に、

「それ、かなり皆さん深刻だということですね」

桂助もおからのチョコレートケーキに手を付けて、

「不思議な味ですが結構美味《おい》しいですよ」

と言い添えた。

すると金五が、

「深刻な味だよ」

自棄《やけ》のように残りのケーキを平らげてしまうと、

「こういうこと、これからもきっとあるよ。何しろここいらでだって、住んでる人たちの半分はうさぎを飼ってた。うさぎ投機に手を出してて飼いまくってたんだからさ」

と洩らした後、

「あのね、桂助先生、実はうさぎ税に関わって、俺たちもとことん深刻なことになってるんだよね」

思い詰めた目で桂助を見た。

「川路《かわじ》様から何かご用の向きですか？」

一等巡査の金五は大警視川路利良《としよし》の部下であり、桂助は金五の関わる事件で必要に応じて骸検《むくろあらた》めをする、骸検視顧問に任じられている。

「俺たち巡査は、去年の暮れにうさぎ税が課せられることになった後、川路様の命を受けてうさぎ税がもたらした世情の様子、神田《かんだ》で起きた大火なんかを調べさせられてるんだよね」

志保が、

「こちらもどうぞ。どちらかというと、こちらの方がおからと相性がいいかもしれません」

今度はおからで作った抹茶と小豆《あずき》入りのパウンドケーキを勧め、

「たしか去年の末、うさぎ税の布達があって二日後に神田の大火が起きたわね」

会話に加わった。

神田は商人、職人の多数住まうところであり、うさぎ飼育が最も盛んな所であったが、この日本橋《にほんばし》にまで延焼した大火で五千七百余戸が焼き尽くされた。二日前にうさぎ税が布達されていたこともあり、これを恨む者の付け火が大火につながったとの噂《うわさ》が立った。この他にもしばらく毎夜、四、五箇所に火災が発生した。

「あの大火で多くの家が焼けたので材木屋さん、大工さんが忙しくなって実入りも増え、売り家は高くなったそうですよ」

志保の言葉に、

「〝風が吹けば桶屋《おけや》が儲かる〟だよね」

相づちを打った金五は、

「家を火事でなくしてお金のない人たちは今も葦簀《よしず》張《ば》りの中に住んでて、古着や首飾りを売ったり、質に入れて日々を凌《しの》ぐ娼婦《しょうふ》や芸者、家賃の催促に走り廻《まわ》る大家など、あの火事以来、住んでた人たちの悲惨な有り様は続いてる。怖いのは火事で酷い目にあったはずなのに、〝付け火による火災は、徳政を願う者のいわば江戸の打ちこわし（飢饉《ききん》時の米屋襲撃）のようなものだ〟って言ってる人がいることなんだよ」

と続けた。

「それを川路様は案じておられるのですね」

志保は洩らし、

「治政と民意のズレが惨事を招き、うさぎに課せられた重税と付け火がこの東京を混乱に陥れているのです」

桂助は言い当てた。

「それだもんだから、川路様は桂助先生に話を聞きたいみたいだよ。すぐに連れて来いっていうんだから」

金五は告げた。

「そうおっしゃられても、わたしは骸検視顧問に任じられています」

桂助が首を傾げると、

「あなた、あれじゃありません？」

志保の顔が青ざめて、言葉が震えた。

「〝いしゃ・は・くち〟ではあなたが、お房さんが連れて来られるうさぎの他に、以前から頼まれればうさぎの歯の治療、削りをしていたでしょう？　うさぎ税がかかるようになっても変わらず歯削りを続けています。そのことへのお咎《とが》めでは？」

「そんなことを言っても、口中の病で弱ったり、苦しんでいる者は人でなくても治せるものなら治したい、それがわたしのやり方です」

桂助はさらりと言ってのけて、

「それでは金五さん、行きましょう」

素早く身支度を済ませると、金五と共に〝いしゃ・は・くち〟を出た。

川路利良は鍛冶橋《かじばし》にある警視庁の大警視室でしびれを切らして待っていた。

「藤屋桂助先生をお連れしました」

金五が重々しく告げると、川路はさっそく志保が案じていた通り、うさぎの歯削りと口中治療について、

「うさぎ税を払っていない飼い主のうさぎにはいかなる施術もしてはいかん」

太い眉を上げて苦情を言い、

「今後は、必ず一円納めたとの書き付けを見てから施術するように。脱税の上のうさぎ飼育は許さん。わかったな」

居丈高に訓示を垂れた。

「わかりました」

桂助は頭を下げて、

「仰せのほどかしこまりましたのでこれで失礼いたします」

踵《きびす》を返そうとすると、

「まあ、待て」

川路は呼び止めて葉巻を取り出すと、

「少し相談事がある」

桂助と金五にソファーを勧め、自分もソファーに腰を下ろした。

「まずは岸田《きしだ》、うさぎ税の徴収の布達により、うさぎ所有者が行ったうさぎ処分の方法を調べてまとめてあるはずだ。それをここで言え」

川路は語気強く金五に迫った。

「はいっ」

立ったままの金五は大声で応えると、

「処分は数の多い順から申し上げます。一、床下などに隠す。これはこのまま税を逃れて飼い続けます。一、野や川に捨てる。一、殺して家族で食べてしまい、飼っていなかったことにする。一、知り合いかそれに近い他人に与える。他人が税を払うことを願ってのことでしょうが、払われない可能性の方が大きいです。他人も食べてしまったり、二束三文とはいえ売ってしまうかもしれませんから。一、東京以外の地方へ安く売る。一、殺して毛皮や肉を製品化して売る。これには製品化する技や元手が必要で限られた者たちしか実行できません。一、そのまま飼育して納税する。これは大火で潤った材木屋や大工のほかにいわゆる旦那衆、大商人たちです。これらの富裕な人たちは税などものともせず、毛色の珍しいうさぎ売りで儲けていると思われます」

先を続けようとして、

「うーむ、大商人たちはうさぎ飼いにも手を出していて、かなりの富を得ているはずなので、今回、うさぎ税と共に、芸妓《げいぎ》たちの花代（芸妓を呼んだ時の遊興費）にも月三円の税を課したのだがな。まだしぶとく続けようとしているのか」

川路が言葉を差し挟んだ。

「大商人たちとうさぎ、芸妓についての巷《ちまた》での噂話、聞き齧《かじ》ったものを書き留めてあります。ご参考までにお話ししましょうか？」

「頼む」

川路は、目の前の金五が大商人たちでもあるかのように睨《にら》み据えた。真冬だというのに額に脂汗を滲《にじ》ませている。

三

「これはどこぞの者が配っていたちらしですが、大商人たちはうさぎ買いで儲け続けつつ、馴染みの芸者芸妓たちを引き連れて、卯祭詣《うまつりもう》でとやらをしているそうです。その数は数知れないとのことです。芸者芸妓たちの様子は、〝麻の白紋付きに金の帯、友禅染の着物から赤縮緬《あかちりめん》の長襦袢《ながじゅばん》を覗《のぞ》かせ、顔は濃い白粉《おしろい》、唇には真っ赤な紅を塗って、まるでうさぎの化身のような姿で参詣する〟と書かれていました」

と金五が手帖《てちょう》を読み上げた後、

「材木屋や大工の大火での利は一時的ですが、大商人たちにとって一羽月一円のうさぎ税や、世話をしている芸者芸妓たちの花代月三円の税など、痛くも痒《かゆ》くもないのですね。ようは、うさぎ売買で巨万を得て太ったのは、これを仕掛けた旗師と呼ばれる投機取引人と、この投資に持ち金の一部を投じて成功した元々の富裕層だけです。有り金叩《はた》いて沢山のうさぎを飼って夢をかけた庶民は、うさぎ税によって、持てば巨税、売れば大損、悪くすると没落破産に追いやられているのです。うさぎ税の見直しが必要です」

桂助が率直に進言した。

「神社は天子様の分身で神聖な場であるというのに、何という不届きな――」

川路はまず、うさぎ美女たちの参詣に怒りを爆発させ、

「今後、この日本は天子様とともに新しい国作りをして行かなければならないという

のに、これはまさにうさぎ禍だ」

そこにうさぎがいるかのように壁を睨みつけた。

「うさぎ禍ではなく、うさぎ投機禍というべきでしょう。うさぎそのものには何の罪もないのですから」

桂助の言葉に、

「そもそも皆がこぞって飼っているのは外来種であろうが。うさぎが固有種ではなく外来種というのも大変よろしくない」

さらに川路は語気を荒くした。

「しかし、文明開化で西洋の物がもてはやされているのが今なのですから、好まれる愛玩用のうさぎも馴《な》れやすい外来種であっても仕方のないことです」

これには反論できなかったのか、川路は矛先を変えた。

「岸田」

金五の方を向いて、

「うさぎ税を課すにはそれなりの理由があった。このふざけたうさぎ投機で傷害事件が起きているな。はて、どのようなものだったか――」

その内容を促した。

「はい。四谷《よつや》でうさぎの売買を巡って息子が父親を殺しています。売りの誘いを父親が渋っているうちに、そのうさぎが死んでしまったとあって言い合いになり、父親は息子に突き飛ばされて庭石に頭をぶつけて死亡。もう一件は、うさぎを売った時の金を主《あるじ》に分けてもらえなかった奉公人が、金を奪って逃げようとした際、お内儀に見つかって傷を負わせたというものでした」

金五がすらすらと応えると、

「これは、うさぎ投機熱が親子や主人と奉公人の絆《きずな》さえ崩壊させたい例だ。天子様をいただく明治政府は家族は国家の源であるとして、この国の栄《は》えある未来を作ろうとしている。うさぎ投機熱が続く限り、このような不祥事は起き続けるに違いない。今や子うさぎ三銭（現在の約六百円）、孕みうさぎ五銭（現在の約千円）になってしまったうさぎの処分も含めて、これは何とかせねばならぬな」

川路は桂助の方を窺《うかが》うように見た。

「藤屋がわしならどうする？」

「うさぎについては人でなくとも尊い命ですので、できうるだけ保護したいと思いますが、個人の力ではこれといった手立ては思いつきません」

桂助はまず応えた。

——お房のしていることが知られていないといいが——

「とにかく大商人たちのうさぎ投機熱を何とかして冷めさせることです。うさぎ税導入の折には、うさぎ所有者の役所への届け出と役所でのその名簿管理、一羽につき月一円のうさぎ税、無届けの者には一羽につき二円の罰金、〝兎会〟という名の下の競売の禁止が定められました。ですが富裕層間での〝兎会〟はまだまだ密《ひそ》かに行われているはずです。これを何とかしないと——」

「たしかにな」

この時、川路はにやりと笑ったように見えた。

「ようは、うさぎ投機を仕掛けた黒幕を炙《あぶ》り出さねばならぬということよな」

桂助は無言で頷いた。

——わたしたちに何をしろとおっしゃるのか——

「実はな、その黒幕とやらの手掛かりがここにあるのだ」

立ち上がった川路は自分の机の方へと歩いて、引き出しの中から一枚の刷り物を出して、桂助たちの目の前に置いた。

「去年の秋のうさぎの番付表ですね。わたしも見ました」

金五が言い、

「うさぎにまで番付が出ているのですね」

桂助ははじめて見た。

江戸の頃から、人々は相撲取りの実力になぞらえた番付表を好んでいて、食べ物番付、美女番付等が刷られてきていた。

「惣後見役、勧進元、年寄、行司、売買世話人とあってその数は九十名ほどで、番付表に載っているのはうさぎ所有者二百三十ほどの名と飼われているうさぎの毛色である。実はわしはこの番付表と関わって、あるお方に頼まれ、お身内をお救いしなければならなくなった」

そこで一度川路は言葉を切って、桂助と金五の顔を交互に見た。

「うさぎ投機が大仕掛けな博打《ばくち》や詐欺みたいなものなら、この番付表だって後ろ暗いんじゃないですか？　お金で番付の位を上げてるとか、お金を積めば載せてくれるとか——」

思わず金五は思うところを口にしてしまい、川路にじろりと睨まれた。

「身分の高いお方のお身内が、うさぎ投機に関わっているということですか？」

桂助の指摘に、

「さすが藤屋だ。わかりがよい」

川路はふっと笑ったが、その目は冷ややかなままだった。

「詳しいことは、わしも知らされていない。わかっているのは、このままではそのお身内に多大な禍《わざわい》が降りかかるということだ。お身内は縁談を控えてたいそうご心痛であるとのことだ。身分の高いお方はわしと警視庁を見込んで、是非とも力を貸してほしいと言っておられる」

川路の言葉に、

「縁談とうさぎ投機はどう関わるのですか？」

金五は狐《きつね》に抓《つま》まれたような顔になったが、

「とにかく、よろしく頼む。近く患者を装って〝いしゃ・は・くち〟に赴かれるだろう。その日がわかったら伝える。以上、話は終わりだ」

そそくさと川路は立ち上がってしまった。

帰り道、金五は、

「何が何だか、まるでわかんない。身分の高いお方のお身内もまた高貴なはずでしょ。それがどうしてうさぎ投機なんていう、与太者商いみたいなことに首を突っ込んじまったのか——、その上、縁談だなんて。とても俺にはわからないよ」

と愚痴り、

「わかっているのは今は縁談が大事だということです。すでにうさぎ投機はうさぎ税で崩れかけてますからね。ただ、それなら財を失っただけのこと、たしかに縁談とうさぎ投機の関わりは謎ですね」

桂助は首を傾げた。

ほどなくして、金五を介して身分あるお身内当人が訪れる日が伝えられた。

「どうしましょう」

志保はもてなす茶菓に頭を悩ませた。

「とにかくおから入りのお八つは控えてください。それ以外でしたら何でも結構です」

珍しく桂助が口を出した。

「それでは普段通り、飾らず紅茶とクッキーにいたしましょう」

こうして桂助と金五は〝いしゃ・は・くち〟の応接間で、土生《はぶ》光輝《みつてる》、三男の光晴《みつはる》親子と向かい合うことになった。

土生家はかなりの遠縁ながら天皇家につながる華族で、現当主の光輝は年齢《とし》の頃、五十五、六で短軀《たんく》ながら血色がよく十歳は若く見える。

「菊のご紋と御縁があると申しましても、遠い遠い縁にすぎませんから」

などという見え透いた謙遜もできて如才なく、なかなかの社交上手であった。

一方の三男の光晴は、ひょろりと背ばかり高く痩せていて首が長い。醜男《ぶおとこ》ではないものの、生気に乏しく二十三歳という実年齢よりも一回りは上の三十歳半ばに見える。父親の土生光輝とは逆である。

「当家は頭の薄くなるのが早い家系ですので、せめてこれにはそうならないうちに婿に行かせてやりたいと思っているのです。さあ、光晴からも頼みなさい」

父親に促されてやっと光晴は頭《こうべ》を垂れた。

「これの亡くなった母親がとにかく、うさぎ好きでした。決してなつかないといわれている野うさぎの子を看取るまで飼い続けておりました。そのせいでこれも幼い時から大のうさぎ好きでして。たしかにうさぎは可愛《かわい》いものですからね。光晴、うさぎがどんな風に愛《いと》おしいのか、話してさしあげなさい」

父親は息子を促した。

四
「そ、そう言われても――」

能面のようだった光晴の顔が、警戒とも怯《おび》えともつかないうさぎのような表情になった。

「うさぎはうれしい時にどんな様子になるのです？」

桂助は微笑《ほほえ》みながら話を引きだそうとした。

「歯、歯ぎしりコリコリ――」

「えっ？　それは怒って悔しがる時でしょうが――ギリギリだし」

金五が思わず口を挟むと、

「それは人ですよ。ねえ」

桂助は光晴に同調をもとめた。

「鼻をブーブーと鳴らすことも。これも人とは反対です」

光晴は幾らか口元を緩ませて、

「走ったり、飛び上がったり、大きくて愛らしい目をきらきらさせて飼い主の指や顔を舐《な》めたり、足元をぐるぐる回って見せることもあります。可愛いですよ」

と続けた。

「犬のようにお腹《なか》を見せることは？」

これは金五が聞いた。

「あります。くつろいでいる時でたいていは目を細めています」

「逆に怒っている時は？」

金五が畳みかけた。

「足ダンといって後ろ足を地面に叩きつけたり、目を吊《つ》り上げてうれしい時同様、鼻をブーブー鳴らして両前足で叩きかけてきます。うさぎも猫と同じでこぶしを繰り出すこともあるんです」

「大人しいだけじゃないんだね」

金五は感心したように言った。

すると、

「あと、身体《からだ》の具合が悪い時は籠の隅でじっとしていてほとんど動きません。目がうつろでぐったりしています」

光晴は補足してくれた。

「おわかりになりましたでしょう？　このように息子はうさぎに通じているのです。今日本は植物研究の緒《ちょ》に就いたばかりですが、いずれうさぎ等の生きものにも学問研究の幅は広がるはずです。その前に光晴を見込んで留学させてくださるという篤志家の方がおいでで、年頃の娘さんもいらっしゃるので、是非とも婿として迎えたいとおっしゃってくださっています。それゆえ、是非ともこの御縁をいただきたいとわたくしどもは思っている次第なのです」

父親はここぞとばかりに一気に話した。

「へえ、いずれはうさぎ学博士になるんですね」

金五の言葉に、

「実は、そうなるにはどうしても必要なものがございまして」

父親はやや声を低めた。

「それはいったい何です？」

桂助は間髪を入れずに訊《き》いた。

「息子が婿に迎えられるためには、盗まれた雌雄番《つが》いの亜米利加《メリケン》黒面更紗を持参しなければなりません」

光輝は囁《ささや》くように言って、黒面更紗うさぎの説明をした。

「うさぎが投機目的でもてはやされるようになる前から、当家では亜米利加、伊太利亜《イタリア》、英吉利《エゲレス》と外来種のうさぎを飼っておりました。うさぎは繁殖力が強いですから、いつしか毛色の変わったうさぎが当家に誕生しました。その中に世間で黒面更紗うさぎと称されるものもあったのです。当家ではいわゆる競売の〝兎会〟とは無縁です。華族の常で世間の事情には疎く、このたびうさぎ税が課せられて、やっと熱に浮かされたかのようなうさぎ投機の実態を知りました。当家では愛玩一筋だったうさぎが、世の中では大変なことになっているとやっとわかったのです。息子の縁談はその少し前に持ち込まれていて、是非とも黒面更紗うさぎを持参してほしい、というのが先方の申し出だったのです」

「持参金代わりというわけですね」

桂助はさらりと言った。

「何でも黒面更紗はうさぎ番付の上位を占めていて、大関に選ばれたうさぎは千円（現代の二千万円）をくだらない高値だそうなのでそういうことになりましょう」

「そしてその黒面更紗の番いをご子息は飼っていらっしゃるのですね」

「はい。飼っておりました。当家に侵入した賊に盗まれてしまうまでは。盗られてしまったのは一年ほど前の今頃のことでした」

「警察に届けは？」

「人が拐《かどわ》かされたのならともかく、うさぎを盗まれたぐらいでは届けはしません」

「でも高額なうさぎのはずですよ」

桂助が念を押すと、

「当家は遠縁ながら天子様のお血筋につながっております。如何《いか》に高額な品であったとわかっても、うさぎ泥棒ごときを届けては、東京府の治安に心血を注いでおられる警察の方々にご迷惑だと心得ました」

光輝は傲岸な表情で毅然《きぜん》と言い放った。

「でも、今は、黒面更紗の番いを持参しないと、ご子息のせっかくの縁組みは台無しになってしまわれるのではありませんか？」

桂助は退《ひ》かなかった。

すると、

「そこなのです。息子の幸せを望まぬ親は人の世におりません。それで恥を忍び、密かに人を介して大警視の川路様に相談させていただいたのです。そしてあなた様方をこうしてご紹介いただいたというわけです」

父親はすがるような声音になった。

「ようはそのうさぎ泥棒を見つけてほしいということですね」

金五が念を押した。

「どうか、どうか、よろしくお願いいたします」

あろうことか、土生光輝は頭を深々と下げて、

「ほら、お頼みして」

息子の頭をこづくようにして前へ垂れさせた。

「そちらは大きなお屋敷にお住まいでしょう。黒面更紗の番いが盗まれた時、賊の姿や顔を見た者はいないんですか?」

金五が訊いたが、

「なにぶん夜分のことでしたし、うさぎは黒面更紗も含めて住まいとは別棟で飼っているので、誰一人気がつかなかったのです」

光輝は困惑顔で返し、

「そうだったね」

相づちをもとめられた息子はこくりと無言で頷いた。

土生親子が帰った後、

「いいんですか、先生」

金五は案じる顔で桂助に、

「こいつは泥棒探しですよ。先生も大警視様に言ってた通り、骸検視ってことで雇われてるんだから、こんな雲を摑《つか》むような大変なこと、引き受けちゃっていいんですか？　おいらは巡査だから大警視に探せと言われれば、承知するしかないですけど、おいら、皆目見当なんてついちゃいないんですよ。あーあ、厄介なことに関わっちゃった」

と言って知らずと長い腕と足を組んでいた。

「泥棒の見当はつきます」

桂助は川路が差し出したうさぎの番付表を上着のポケットに収めていた。

「おそらく、川路様もおおよその見当はついておられるはずです。ここを見てください」

桂助は番付表を広げた。

「大関の三羽はともに亜米利加の黒面更紗です。関脇は伊太利亜の黒猫ぶち、黒大胴袚等の黒柄です。白いうさぎは前頭の英吉利白大無垢《むく》一羽。うさぎの毛色の人気や希少価値は更紗を一番とする黒柄が優位です。土生様のところの黒面更紗の番いが盗まれた理由もここにありました」

「うさぎは一月毎に子どもを産めるって聞いてる。今の大関の三羽のうちに、土生様のところから盗んだうさぎの子孫がいるってこと？」

金五は身を乗り出した。

「あるいは三羽とも土生様のところの番いの血筋かもしれませんよ。土生家は長くうさぎを飼ってきたわけですから、突然出てきた黒面更紗が、番いになるほど何代も続いてきていたとしたら、番いから生まれる子うさぎは黒面更紗が多数でしょうから」

「そうなると泥棒は三羽の飼い主の浅草《あさくさ》の泉屋、日本橋の古川屋、神田の浜野ってことになる？」

「いや、その人たちはとてつもない高値で黒面更紗を買わされたお大尽《だいじん》、大商人ですよ」

「だったら調べてもしようがないな」

「まあ、そう決めつけずに。自慢の大関うさぎをお持ちの方々とて、綺麗《きれい》どころを連れての兎祭詣で、うさぎ税などものともせずという体ではあるものの、内心、不安は抱かれているはずです。うさぎ投機熱鎮静に東京府が動いたわけですから。こちらが大関うさぎを買いたいと持ちかければ、誰から幾らで買ったかぐらいは教えてくれるかもしれません」

「なーるほど」

金五は両手を打ち合わせてから、

「わかってますよ。巡査の形《なり》で旗師を演じるのはむずかしい。その辺りのことをよーく知ってる巡査仲間に聞いて、それなりの形になって調べてくるよ。任しといて」

ぽんと自分の胸を叩いて見せた。

五

何日かして、金五は洒落《しゃれ》た背広姿で桂助の元を訪れた。

「よくお似合いよ。ぴったりだし」

志保が褒めると、

「故国に帰るお雇い外人が西洋古着屋に売ってってたもんで、格安だったたんだよ。あいつら手足が長いんだね」

金五は満更でもない顔で応えた。

書斎で桂助と丸テーブルで向かい合うと、

「この姿で売買世話人に仲介を頼まれているんだ、黒面更紗を買いたいって言うと、多分、虎だと思うんだけど初めて本物を見たから違うかもしれないけど、頭が壁に飾られてて、皮が敷かれてるたいそうな応接間に通された。そこからはさすが桂助先生の言った通り、お大尽といえども値が高いうちに一刻も早く手放したがってた。すでに大関うさぎでも買値の半値に売値が下がっているらしくて、売値をめぐる駆け引き話は、あっちは真剣なんだろうけどこっちは方便なんでちょっと苦しいものがあった。そんな話の合間に買った先を聞いたら教えてくれた。ただサ、浅草の泉屋は神田の鳥《とり》正《まさ》、日本橋の古川屋は両国の玉子屋、神田の浜野は麻布《あざぶ》の料理屋鶏喜《とりよし》なんだよね。鳥正は売買世話人の半数以上を占める、江戸から続く鳥屋の元締めで、この仲間には皆鳥の名が店についてる。鳥藤《とりふじ》とか、鳥辰《とりたつ》、鳥清《とりせい》とかね。そういう鳥屋仲間と玉子屋や鶏喜は係累が違うんだよ。つきあいもあまりないみたい」

「大関うさぎは見せてもらえましたか?」

「見た、見た。でも、正直可愛いとは思えなかった。耳は垂れ気味で長くないし、目はどよっと黒目で更紗模様ってのもねえ——」

金五は首を傾げた。

「更紗模様は江戸の頃に、印度《インド》、爪哇《ジャワ》、波斯《ペルシャ》(イラン)などから日本にはいってきた異国情緒のある模様ですよね。黒面更紗うさぎの更紗模様はどんなものなのです?

人物、鳥獣、草花などがあるはずですが」

「そうはっきりしてないけど、言ってみれば四角、三角、丸なんかが組み合わせてあるやつかな」

「それでは爪哇更紗のような幾何学的な模様でしょう。ただしこの手のものは多種多様、らしく見えれば黒面更紗ということになりかねませんね」

「そうそう、だから俺、はっきり言ってこんなもんに価値あるのかと思った」

「まあ。そこがこの爆発的な人気を呼んだうさぎ飼いによる投機の仕掛けなのでしょう。見ようによっては更紗に見えないこともない毛柄を持つうさぎを生み出すのは、そうむずかしいことではありませんから」

「ん、だから黒面更紗の大関三羽は柄は言うまでもなく、耳や目の大きさも含めて少しも似てなかった。同じ親から生まれたとは思えなかったけど、うさぎって人じゃないから、そんなものなのかもしれない」

　金五の呟きに、

「それは否定できません。ですが、関わりの薄い大関うさぎの飼い主に黒面更紗を斡《あっ》旋《せん》して、売買世話人たちが結託して、一年前盗みを働いたとは思い難いです」

　桂助は断じた。

「それ鳥正、玉子屋、鶏喜の裏にまだ黒幕がいるってこと？」

「あり得ますね」

桂助は力強く応えて、

「実はふと、土生様のところではどのように黒面更紗うさぎが飼われていて、盗まれてしまったのかと気になって、昨日、白山《はくさん》のお屋敷を訪ねてみたのです。きっとうさぎ舎は裏手にあるだろうと見当をつけて、裏門の近くまで来た時、光輝様の大きな声が聞こえてきて立ち止まりました」

「華族様に大声って似合わないよね」

「華族様だって人ですからね。光輝様が、〝こんなにも長い間、おまえのくだらない道楽につきあってきたのだから、ここはこの家の先行きのためにも始末せねばならぬのだ〟と、おっしゃると、光晴様の返す言葉が聞こえました。〝うさぎたちの始末など考えられません。近頃のこの家やお父様のお力を支えたのはうさぎたちではありませんか〟と。すると光輝様は〝それも束《つか》の間《ま》のことでしかなかった。空前のうさぎ投機熱に助けられなかったとは言わないが、助けられたと言うには急ぎのうさぎ始末が必須なのだ。さもないと当家は多大なうさぎ税を取られてしまい、やっと何とか富を得たのも束の間、元の貧乏公家《くげ》になってしまう。そもそも、天子様の縁につながる当家が卑しいうさぎ投機などに関わっていたなどと知られたら、世間に顔向けできない。わしの出世はおろか、おまえの有難い縁組みも取り消されるのだぞ〞と怒り心頭でした」

「それで、あのうさぎ好きの頼りない若様の返事は？」

「聞こえなかったので、心配になり、垣根の隙間から光輝様がいなくなるのを待って、光晴様に〝うさぎたちが始末されない手立てをわたしは知っています〞と声をかけ、藤屋商会の社長のお房に会いに行くようにと勧めました」

そこで一度桂助は言葉を切り、

「その足でわたしがお房に会いこの経緯《いきさつ》を伝えたのは、言うまでもないことです。わたしの話を聞いたお房は、〝華族様のうさぎでも辛《つら》い運命が待っているのは同じなのね〞と言い、すぐに助けを引き受けてくれることになりました。今、光晴様はお房とうさぎを助ける段取りを決め、その後こちらへ寄られるとのことです。何でも、どうしても話しておかなければならないことがあるとおっしゃっていました」

と続けると、

「もしや、あの光輝様っていうのがうさぎ投機の黒幕だったりして？」

「それはまだわかりません」

桂助がそう応えた時に、

「お客様がお見えになりましたよ」

志保が来客を告げた。


土生光晴は桂助たちと向かい合った。

「今、こちらの先生のご紹介で藤屋房さんとお会いしてきたところです。こちらの事情をご理解いただいて、当家のうさぎたち三百羽をお預けすることができる段取りをお願いできました。ありがとうございました」

途中で声を掠《かす》れさせつつ深々と頭を下げた。

「今、できることをさせていただいただけのことです。お房も申していたと思いますが、三百羽全てのうさぎ各々に里親を見つけることはできず、そちらで飼われていたのとあまり変わらない、十羽《じっぱ》一絡《ひとから》げに近い檻《おり》飼いになってしまうかもしれませんよ」

桂助が念を押すと、

「結構です。たしかにうさぎは飼い主との愛情深い絆をもとめますが、たとえそこまででなくとも——命は助かるわけですから——父の言う通りではとても——」

光晴は言葉を詰まらせて、

「あの——大丈夫でしょうか？」

背広姿の金五を頭を傾げつつ見つめた。

「警察は今のところ、税が払われていないうさぎの飼い主を取り締まることになっていて、うさぎの処分にまでは関わっていません」

金五が真顔で応えると、

「ああ、よかった」

胸を撫で下ろしかけた光晴だったが、

「これで当家のうさぎは九死に一生を得ましたが、この先、犠牲になるうさぎが後を絶たないと思うと——」

胸を両手で押さえて屈《かが》み込んだ。

「大丈夫ですか？」

今度は桂助が訊いた。

「大丈夫です。幼い頃から負の想《おも》いが募るとこんな風に。心の臓が悪いというわけではありません」

相手を安心させるためか、光晴は無理矢理微笑んだ。

「とはいえ、この何年間か、うさぎの数が増え続けていくのはさぞかし心労だったのではありませんか？」

桂助は光晴に話の糸口を与えた。

「そうでした。何もかもお話ししなければ──。まずは父がここでお二人に言っていた話には、本当もあれば嘘《うそ》もあるということなのです。たしかにわたしは母譲りのうさぎ好きで、時代が変わってさまざまな外来種が、しかも飼いやすいうさぎの種が望めば手に入ると知って、天にも昇る気持ちでした。父にねだってもとめてもらっていたのも事実です。それでも当初は種類別に一羽、二羽と増やしていたにすぎません。わたしはそれでしごく満足でした。ところがこのうさぎ投機熱が怒濤《どとう》のごとく吹き荒れるようになると、父は言葉巧みに近づいてきた売買世話人の口車に乗って、大がかりなうさぎ投機をはじめ、大きなうさぎ舎を造らせたのです。この時からわたしは父と口をあまりきかなくなりました。〝新時代は我ら不遇だった公家とて財を築ける〟と豪語する父が好きになれなかったからです。沈黙はせめてもの抵抗でした。わたしにとってうさぎ飼いは、うさぎと人、相方の絆作りによる癒やしであったからです。ゆめゆめ金のためなどではありませんでした。それを、父は蓄財のために根こそぎ奪いとっていくのです。こんなことを続けていては亡くなった母も浮かばれない、そんな風にも思っていました。うさぎを使っての金儲けに走る父を許せない想いでした」

六

そこまで語った光晴に、

「盗まれた黒面更紗はいつ、どのようにして生まれたのですか？」

桂助は訊いた。

「生まれたのではなく、たまたまわたしが頼んでいたうさぎの中に居たのです。ちょうどうさぎ投機熱が盛んになりつつあった頃のことでした。もてはやされていたのはこの国の誰もがとっつきやすい、白い毛並みに真っ赤な目の外来種でした。それと、ここではっきり申し上げておきますが、黒面更紗うさぎの番いは盗まれたのではありません。わたしがある女《ひと》に差し上げたのです」

ある女という言葉を口にした時、光晴は俯《うつむ》いた。

「ある女とはどなたです？　あなたとどのような関わりがおありだったのですか？」

「二つ年下の幼馴染《おさななじ》みです。その頃は当家と上野小路《うえのこうじ》家とは親戚ではありませんが、歌会や蹴鞠《けまり》等の公家ならではの趣味を通して古くからのつきあいがあったのです」

「ならば幼い頃からたびたび顔を合わせていて、年頃になり、あなたが黒面更紗うさぎを贈る間柄になったというわけですね」

「そういうことでした。婚約は目前でした」

「それでは、黒面更紗うさぎは婚約の証《あかし》だった？　でもまだうさぎ人気は白い毛並みに赤い目だったはずですよ」

「その通りです。わたしが雪乃《ゆきの》さん――先を誓い合っていた相手です――に黒面更紗うさぎの番いを贈ったのは別れを切り出して、相手が承知した時でした。雪乃さんの上野小路家のご当主のお父上は、当家同様官職を得て東京に居を構えていたものの、流行病《はやりやまい》のため、絵の修業で京の絵師に住み込んでいた雪乃さん以外はお母様、跡取りのお兄様と全員亡くなりました。そして莫大《ばくだい》な借財が残されていたことがわかったのです。雪乃さんは一身でその借財を負うこととなり、せっかくの絵の才がありながら吉原《よしわら》に身を落とすこととなりました」

そこで一度、光晴は俯いたまま言葉を切った。

「雪乃さんと好いた者同士、一緒にどこかへ逃げて暮らそうとは思わなかったのかな。駆け落ち御法度の厳しい法はもうないんだから、何とかお粥《かゆ》ぐらいは啜《すす》れる暮らしはできるはずだよ」

金五は自分の思いを口にした。

「雪乃さんはすでに妓楼から前金を貰《もら》っていて、借金の返済に幾らかを使っていました。決意は固かったのです。わたしの方も、生まれつきわたしに輪をかけて身体の弱い兄の当主を、行く行くは何らかの形で支えて行かなければならないと思っていて、それが父が金に執着する要因の一つでもありました。それが土生家に生まれついた者の定めであるとも。ですのでわたしたちは互いに別れを告げ合い、わたしは雪乃さんに黒面更紗うさぎの番いを贈りました。雪乃さんの方はほどなく、得意の絵筆でその二羽を描いた絵を送ってきてくれて、わたしたちの別れの儀式は終わったのです。もう、二度と会うことはないだろうと思っていました。ところが――」

「うさぎの毛色の人気が白ではなく、黒面更紗に移ってきたのですね」

「ある日、父が雪乃さんの絵と添えられていた文を見つけ出して問い糾《ただ》してきたのです。わたしはありのままを応えるほかはありませんでした。父はその絵をわたしから取り上げ、競売兎会で自慢していたそうです。〝うちはこのような幻の黒面更紗うさぎを持っているが、門外不出だ〟と。父らしい見栄自慢でした」

「それで黒面うさぎの番いを持参して婿になれという話が舞い込んできたのですね」

「それ以前にもどうしても譲ってほしいという、旗師たちの誘いはひきもきりませんでした。父は楽しく算盤《そろばん》を弾《はじ》いていたようです」

「あなたが雪乃さんに贈られた黒面更紗うさぎは、よほど変わった柄ゆきだったのでしょう？」

「わたしたちには何ものにも代えがたい柄ゆきでしたが、ただの小さな花が丸く集まったものです。一つ一つの花の形は今頃咲き誇る紫陽花《あじさい》に似ていました。わたしと雪乃さんは紫陽花寺といわれる寺でよく待ち合わせをしていたのです」

「二羽ともその紫陽花柄ですか」

「ええ、見事なほどに大きさも様子も似ていました」

「それはたしかに黒面更紗が稀少、貴重とあっては収集家たちの垂涎《すいぜん》の的になるでしょう。ぴんと来たお父様は絵でそれを広めておいて、現存するかもしれない幻として期待を持たせて値を吊り上げる仕掛けに関わっておいでだったのでしょう。それには何としてもあなたが雪乃さんに贈った、黒面紫陽花うさぎを取り戻さなくてはならなくなった——」

「そのように話していました」

光晴は、

「実は吉原で付け火があったと新聞にありました。狙われたのは雪乃さんのいる妓楼でした。幸いすぐに消し止められ、怪我《けが》を負った者はいないとのことでしたので雪乃さんは無事です。ほっとしました。でもわたしはまだそのことが気になっています。父の大量のうさぎ飼いはいずれ発覚します。そうなると、わたしと雪乃さんのことも知られることとなり、やむにやまれず父がやったことだと疑われるのではと。信じていただけないかもしれませんが、父は雪乃さんの絵を見つけて旗師たちに見せただけで、ここまでのことには手を染めていないとわたしは思っています。強欲であっても根は小心者の父なのです」

と言った。

「お父様を操っている者がいるとなると、お父様に危害が及びかねません」

金五が力んだ声を出すと、

「お願いです、父を助けてください。雪乃さんを守ってください。この通りです、お願いです、こちらだけが頼りです」

光晴は絨毯《じゅうたん》の上に両手をついて頭をこすりつけた。

この夜、築地《つきじ》にある大きな洋館から火が出た。三年ほど前に銀座《ぎんざ》の大火で焼失した築地ホテル館の代わりに建てられたもので、かかった費用はアメリカの大実業家の一人が、自分たちの便利のために出資したと噂されていた。幸い、小火《ぼや》のうちに消し止めることができたと夜更けて金五が報《しら》せにきた。

「このところ火事ばかりですね。人の恨みがかかっていないことを祈りたい」

志保が呟いて、

「ここが江戸と呼ばれていた頃、付け火の犯人は火刑と決まっていましたから、今も火を付ける人はよほどの想いと覚悟なのでしょうが——人を恨みの巻き添えにするのは断固許せません」

桂助は言い切った。

「眠れなくなりましたね」

桂助の言葉に、

「少しお酒でも飲みますか？」

志保は金五の方を見た。

「ううん」

金五は首を横に振って、

「何だか俺、落ち着かなくて。嫌な予感がするんだよね」

深刻な表情になった。

「それでは紅茶にしておきましょう」

志保がブランデー入りの紅茶を淹《い》れてくれた。

「たしかに」

桂助も相づちを打って、二時間ほど過ぎて、空が白みはじめた頃、どんどんと表戸を叩く音がして志保が応対に出た。

「警察の方です。金五さんはここにいるはずだと――」

「ん、何かあったらって、ここを教えといたんだ」

立ち上がった金五は応接間から玄関へと行き戻ってくると、

「先生」

桂助の前でかしこまった。

「大警視様の命により骸検視をお願いします」

「火事で不審な死人が出たのですね」

「おそらく」

「それで身元は?」

「来ていただければわかるとのことです」

――すでにわかっているのだが、死因を公にするのは憚《はばか》られる人物なのだろう――

七

懸念していた通り、警視庁で桂助が目にした骸は土生光輝のものであった。

「家の者が申すには、京極直徹《きょうごくなおゆき》宮内卿《きょう》と土生光輝は知己だという。光輝はそんな京極の屋敷へ招かれ、夕餉《ゆうげ》を囲みつつ、歌を交わし合っての風雅な談笑をするべく、馬車で門を出て行ったのだという。この通りだと、土生は火事に巻き込まれたにすぎぬのだが――」

川路は目をぱちぱちさせて、疑いを抱いている証を見せた。

「何か、お気にかかることがあるのですか？」

桂助は率直に訊いた。

「京極家は三田《みた》にある。築地を通って行き着けぬわけでもないが近道とは言い難い。わざわざ遠回りをして三田を目指す必要があったろうか？　見つかった土生の骸は、火事が起きた築地の屋敷の裏手で消火に当たっていた消防組が見つけた。骸は焦げてなどおらず、土生は華族の正装である衣冠束帯姿で片袖に蝙蝠扇《かわほりおうぎ》と言われている夏用の扇がしまわれていて、土生家の紋所が描かれていた。それで当人に違いないとの見当がついたのだ。あと腹部に刀傷が何カ所かあった。また家人が見送ったという馬車は馬も御者も行方不明だ。どこを探しても見つからない」

川路はわかっている事柄を話して、

「骸が出た以上、おまえは骸検視をするのが役目だ」

と告げた。

「わかりました」

こうして桂助と金五は集められている骸のうち、土生光輝のものを専用の小部屋へと運んで調べていった。

「華族らしい力こぶ一つないお身体です。お見かけした通り、よく肥えておいでで、少々美味しいものを召し上がりすぎですが腫瘍のようなものも触れず、お元気そのもののお身体です。腹部の幾つもの傷は刀の刃先だけで付けられたものでしょう。刀の使い方に慣れていない者の仕業です。おそらく士分ではないはずです。刀を用いたのは、士分の仕業に見せかけるつもりだったのかもしれません」

桂助がまずざっと検《あらた》めると、

「徳川様が倒れて時代が変わってからというもの、お侍のほとんどが落ちぶれてしまったから、反対に浮かび上がってきた目立つ華族様を恨む風潮ってあるよね。でも、そいつを利用して殺すっていうのは卑怯《ひきょう》だよ」

　金五は軽く憤慨した。

「刀傷を装ったものでは死なず、致命傷はこれです。どうしようもなくなって両手で絞め殺したのでしょう」

　桂助は頸部《けいぶ》の紫色の絞め痕を示した。

　骸検めは顔と口中に移る。

「目、鼻は問題ありません」

　桂助は口中の検めに入った。

「恵まれたお方ですね。華族様はとかく歯が弱く、虫歯や歯草《はくさ》（歯周病）が多いものなのですが、この方は虫歯一本なくて、歯もたいそうお丈夫です。ただし――」

　桂助は光輝の前歯を露《あら》わにさせて、

「不思議にもこのお方の上の前歯の四本が犬歯です。本来ある犬歯と合わせると六本もの犬歯があるのです」

　と告げた。

「そういえば、この人、話す時にいつも手で口を見せないようにしてたよね。あれ、華族様の仕草なんだろうとばかり思ってたけど、犬みたいな歯、隠すためだったんだ。

たしかに華族様に犬の歯は合わないもの――」

　金五が驚くと、

「ここを見てください」

　桂助は光輝の歯の先に着いている血をピンセットで指し示した。

「噛みついたんだ」

「そうです。それもかなり深く、抉《えぐ》り取るほどに――」

　桂助はピンセットを奥へと進ませると、

「ほら、このように」

　千切れた肉片を取り出した。

「それ犯人のだ」

　骸検視を終えて廊下に出ると、巡査に付き添われて土生光晴が青い顔で立っていた。今にも倒れんばかりであった。

「お兄さんは御一緒ではないのですか？」

　桂助が訊くと、

「あいにく、兄はこの報を耳にしただけで高い熱を出してしまったので参れません。

わたし一人で父と対面させていただきます」

光晴は桂助たちと入れ替わって小部屋へと入った。

この後、光晴は川路との面談を経て即刻逮捕、入牢《じゅろう》の身となった。

「土生家で起きていた、大規模なうさぎ投機の実態については今、息子の光晴に白状させたところだ。父親のやり方に反対だった光晴が父を亡き者にしようとしたと考えるのが、一番理にかなっていると思う」

光晴犯人説を切り出した川路に、

「あそこのうさぎ舎のうさぎたちのことでしたら――」

藤屋商会がうさぎを助けることを買って出て、すでに引き取りを受けているはずだという話を桂助が返すと、

「土生光晴の話では藤屋商会ではうさぎを買い取るのが常だが、土生家のうさぎのように三百羽ともなると常のような買取りはできない、引き取りはするが、無料になるという条件だったそうだ。いくらうさぎを助けるといっても、大損はできぬのは無理からぬことだろう。また、父親が番いの黒面更紗うさぎ狙いで昔の許嫁《いいなずけ》のいる妓楼に付け火したことを含めて、父親と大喧嘩《おおげんか》をした事実を光晴は認めた。父親殺害は思い余ってのことではないかと思われる」

川路は淡々と話した。

「光晴様は父親殺しを認めておられるのですか？」

「いや、断じて殺していないと言っている。だが光輝が殺された夕刻、馬車で家を出て行った後、光晴が何をしていたかはわかっていない。あの屋敷には馬がまだもう一頭いて、光晴になついていることはわかっている」

「それなら――」

桂助は骸検視の話をしたが、

「なるほど、その食いちぎられた肉片が犯人を指しているというわけか。だがな、光晴は自分で手を下さずとも、金で頼む相手はいるはずだ」

川路に軽々と躱《かわ》されてしまった。

「これで、うさぎ投機禍もこれを仕掛けて動かした黒幕も一挙に封じられた。天子様の遠縁である土生家がそうだったというのはまずいゆえ、手先となって動いたうさぎ番付の勧進元や旗師の連中を潰しておけばよかろう」

川路は心地よさそうに笑って、机の引き出しからスコッチの瓶を取り出した。

「どうだ、一杯？」

と桂助たちは誘われたが断った。

「これから雪乃さんを探しましょう」

「俺もそれ、気にかかってたんだよ」

「金五さんはあの肉片が雪乃さんのじゃないかと思っているのですね」

「だって、貧乏になったからってあっさり袖にされて、遊女になってたところを黒面更紗うさぎ欲しさに付け火されたんだって思い込んでたら、誰だってやり返そうって思うんじゃないかな」

「それは考えられなくもありません。ですが、それならなぜ雪乃さんは番いの黒面更紗を売ろうとしなかったのでしょう？　お公家様のお姫様だった時とは違い、遊女ともなれば世の中にも聡《さと》くなっているはずです。幻の番いの黒面更紗を吹聴《ふいちょう》したのも光輝様であって、雪乃さんではありません。この辺りがどうしてもわからないのです。このことも含めて当人に会って是非とも伺いたいのです」

「そうだね」


こうして二人はまず雪乃が売られたという妓楼を訪ねた。少し前に火事に遭ったというので、仮営業をどこかでしているとばかり思っていたのだが、すでに木材が運び込まれていて、

「あと十日ですよ、十日でここも新しく生まれ変わりますよ」

遣《や》り手の老女が声を嗄《か》らし、大工たちがきびきびと忙しく立ち働いている。

桂助が雪乃に会いたいと告げると、

「まあ、何？　あんたたち？　あ、いけない、一人は巡査のお兄さんだ」

四十歳をとうに超えた遣り手は目を剝《む》いた後、表情を強張《こわば》らせた。

「歯の治療をしてほしいと雪乃さんに頼まれていた口中医です。怪しい者と思われては困るので巡査さんについてきてもらいました」

これを聞いたとたん、

「あらあら、お医者様だったんですか。これは失礼申し上げました」

がらりと態度を変えて、

「そうですよねえ、雪乃さんももうお女郎ではないのだから、先行き、歯は大事にしないといけませんよね。雪乃さんはね、もうここにはいないんです。金輪際吉原の大《おお》門《もん》を潜《くぐ》ることもありゃしません。ただしねえ、あの女、よくよく火事女だわねえ。ここが焼けたと思ったら、今度は築地のあのお屋敷なんだもの。けどやっぱり洋館は違うわね。ここはあっさり焼けたけど、あっちは小火で済んだって聞きましたから。たいしたもんです。いいですよ、道順、教えてさしあげます」

親切に雪乃の居場所を示してくれた。

八

「凄《すご》いですねえ」

金五が唸《うな》った。

「これじゃ、ちょっとやそっとの付け火じゃ燃えっこないや」

広大な建物を前にして、桂助と金五は本来は馬車が通る道を歩いた。すると前方の建物の方角から馬車が向かって走ってきた。すれちがい際《ぎわ》、馬車の中に洋装姿の若い女性が見えた。

「あれ、雪乃さん？」

「そうですね」

「雪乃さーん」

金五が俊足を活《い》かして走って追いつくと、馬車が止まった。

馬車から雪乃が降りてきた。薄紫色の短い上着と裾まである長いスカートに、後ろでまとめた髪に同色の花のついた広いつばの帽子を被《かぶ》っている。化粧は控えめだが色は白く、ほっそりとした鼻と上品な小さな唇は公家の出自を感じさせるものの、黒目がちの目には生き生きとした輝きがあった。

桂助はゆっくりと歩いて雪乃の前に立った。

「口中医の藤屋桂助と申します。土生光晴様のお頼みで、そちら様の黒面更紗うさぎの番いを診療に参りました」

「まあ、光晴様がそのように？」

雪乃は驚きを隠せなかった。

「ええ、わたしは人だけではなく生きものの、特に最近多いうさぎの歯削りの施術をしているのです」

「それなら診ていただきましょう」

雪乃は馬車に二人を乗せると、元来た屋敷へと戻らせた。

「こちらへどうぞ」

二人は中庭が見渡せる一室に招き入れられた。中庭は三方がシロツメクサで埋め尽くされ、もう一方はノゲシの黄色い花がぽつぽつと咲いている。美しいのは今が花の盛りである濃桃色の葛畑《くずばたけ》であった。

「お連れいたしました」

メイドの一人がうさぎの入った籠を二籠手にして入ってきた。

「まあまあ」

雪乃は、これ以上はないと思われる満面の笑みで二羽を迎えた。

「さあ、いらっしゃい。先生にお口を診ていただきましょうね。まずは少し内気すぎる光《ひかり》からね。さあ、光ちゃん――」

何度か呼ばれてやっと籠から出てきた光は桂助に抱かれると、緊張して心持ち全身を縮こまらせた。

「歯削りは不要です。口中もたいそう綺麗にされています」

桂助はそう告げて、次の雪に抱き替えた。雪の方は待ちに待っていたという様子で、桂助に抱かれるとすぐに仰向《あおむ》けになってお腹を丸出しにした。

「こちらも同様です。心配ありません」

桂助が告げると、

「それじゃ、光と雪をあそこのお庭に放して、好きなだけ葉を食べさせて遊ばせてやってちょうだい」

雪乃はメイドに命じた。

「わかりました」

メイドが二羽を籠に戻そうとした時、

「その前に――」

金五が口を挟んだ。

「このうさぎたち、今その筋の人たちが目の色変えて探してる黒面更紗なんですよね。その黒面更紗の絵柄、もう一度ゆっくり見せてください」

金五の言葉にメイドから二羽を受け取った雪乃は、

「さあ、うさぎらしく座ってみましょうね」

両膝の上に一羽ずつ座らせた。

「これで更紗と言われている柄がよく見えるでしょう？」

金五は目を皿のようにしてその模様に見入った。

「たしかにこんもりとしているのは紫陽花みたいだけど、花弁の形は桜みたいだ」

金五の特技は一度見たものは目に焼き付いて決して忘れないことであった。

「そうかもしれませんけれど、紫陽花の咲くお寺に思い出があるものですから」

雪乃はやや寂しげな物言いになった後、うさぎたちをメイドに預けて庭へ向かわせると、

「巡査さんがおいでなるからには、あの二羽と関わっての土生のお家のことなのでし

ょう？　わたし、ここの小火でどなたかが亡くなられたとは聞いていましたが、まさか土生の小父様《おじ》だったとは——さきほど家の者に聞いてもうびっくりして、まずは光晴様にお会いしなければと思ったのです」

　肝心な話を切り出した。

「あなたが馬車に乗られてここを出て行こうとされていたのは、警視庁に向かうつもりだったのですね」

　桂助の念押しに、

「ええ」

　雪乃は応え、

「ということは、あなたはここまでの経緯をかなり知っているというわけですね。わたしたちはすでに、以前あなたの許婚だった光晴様からあなたの話を聞きました。けれども、あの方があなたと別れる時、贈られたという番いの黒面更紗のその後について知っていることは僅かです。光晴様のお父上である光輝様が、あなたが光晴様に贈ったという黒面更紗の絵姿を見つけて、高額で取引されるうさぎたちの所在を探そうとしていたのではないか、ということまでは話していただけましたが——。どのようなことが起きているのか、あなたの口からお話しいただけませんか？」

金五は巡査の立場で促した。

「わかりました。警察で申し上げようと決めていたことを申し上げます」

そう言い置いて雪乃は話し始めた。

「光晴様から想い合った思い出の証にと光と雪の番いのうさぎをいただきました。亡くなった父が贔屓《ひいき》にしていたこともあって、妓楼でのわたしは幸いにも養女扱いでした。元公家のお姫様というふれこみで、どうしてもという時にだけお客様のお相手をしていたのです。部屋はここよりもずっと手狭でしたが中庭があったので、光や雪はそこで跳ね回って遊ぶこともできました。時に川辺に出て思う存分、好きな草を食べさせてやるのがわたしの楽しみでもあったのです。うさぎ投機が盛んになって番付表まで作られて、店にみえるお客さんたちがしきりにその話をするようになりました。何でも遣り手のおばあさんが〝もう、あまりうさぎたちを連れ回さない方がいいよ。黒い模様のあるうさぎが大流行りで、いくら金を出しても惜しくないってお大尽がいるんだっていうし、うさぎの売り買いを仲立ちする旗師なんて、ろくなもんじゃないんだから。この商い、その旗師だって客で上がるのは断れないしね〟と言ったんで、それからは郭《くるわ》の中庭に長くうさぎたちが食べられるヨモギを植えて、外には連れ出さないようにしていました。たいそう用心していたのです」

「にもかかわらず、土生光輝様に探し当てられたのですね」

金五が先を急いだ。

「ええ。わたしが光晴様に贈った光と雪の絵を手にしてみえました。わたしたちの仲を引き裂いたのは悪かったと詫《わ》びられた後、光と雪を返してほしいとおっしゃいました。うさぎ税が課されて大変窮しているというお話でした。元は土生家の持ち物であったのだし、今ならまだ、とてつもない価値があるのだから、心ある者なら当然返して然《しか》るべきだとも――」

雪乃は唇を嚙みしめた。

「ずいぶん都合のいい話だ」

金五は憤慨した。

「それであなたはどうお応えになったのですか?」

桂助は訊いた。

「〝光晴様にいただいたうさぎたちですので、光晴様がここへおいでになって、返してくれとおっしゃるのなら考えてみます〟と申し上げました」

雪乃は俯いたままひっそりと呟いた。

「あなたはずっと光晴様のことを想っておいでだったのですね」

桂助の言葉に、

「ええ、たとえこの身は苦界に染まっても心だけは光と雪のようにつながっている、そのために、光晴様はこの子たちをくださったのだと思い続けておりました。番いのうさぎは光晴様とわたしの気持ちなのだと――」

雪乃の目から涙がこぼれた。

「しかし、光晴様はおいでにならず、付け火が起きてあなたが暮らしていた置屋は全焼してしまった――」

桂助は先を続けた。

「はい。わたしは置屋の母の機転で、裏手にあった大八車に乗り、光と雪の籠を抱えてここまで逃げることができました」

「あなたはここに浅からぬ縁があるようですね」

桂助は微笑《ほほえ》んだ。

「おそらく。それがわたしと光や雪の定めなのだと思います」

ハンカチーフで涙を拭った雪乃は、

「ここはアルバート・スタインバーグ様のお屋敷です」

と告げた。

九

「アルバート・スタインバーグだって!!」

思わず金五は叫んで、桂助と顔を見合わせた。

「投資家で銀行家のあのスタインバーグ様のお屋敷でしたか」

アルバート・スタインバーグはアメリカで五本の指に入る財閥であり、スタインバーグの財閥を築いたのが初代アルバートであった。

「スタインバーグ様とは光と雪を川辺で遊ばせていたときに、お声をかけてくださって、知り合いになりました。当初は光と雪の可愛らしさを二人で愛でていただけでした。わたしが吉原の妓楼に居るとわかるとお上がりになりました」

「なるほど上客だったのですね」

金五の言葉に雪乃は首を横に振った。

「いいえ。お客様としての花代は過分に払われましたが、他のお客様のような振舞いは避けておられました。わたしはもう清い身体ではなくなっていたので、そのつもりでしたが、スタインバーグ様と過ごす時は文明開化のご時世らしい一時の学び合いでした」

「学び合いとは？」

桂助は訊かずにはいられなかった。

「日本が気に入ってお屋敷を建てて亜米利加と行き来していたスタインバーグ様は、日本の言葉をお上手にお話しになられましたが、〝この国の静かな言葉もすてきですが、わたしの国の言葉、英語も朗らかで明るくて気持ちが晴れますよ〟とおっしゃって、おいでになるたびに英語を教えてくださいました。その他にもわたしが嗜《たしな》む日本画にも興味を示されて、教えてほしいと熱心におっしゃるので、〝それではあなた様のお国の油彩画とやらをお教えくださるのなら、わたしの技量の許すかぎりの日本画をお教えします〟と応えました。日本画の顔料や油彩画の油絵具、それぞれ異なる筆等の一級品が次々に運び込まれて、わたしたちの学び合いは続きました。海を越えた西洋では新進の実力絵師の方々が、こちらの浮世絵を絶賛し、影響を受け始めていると知ってうれしくなりました。思えばこの学び合いの頃が一番、毎日が楽しい時でした」

「スタインバーグ様に奥様は？」

桂助は気になった。

「いらっしゃいません。婚約者がいらっしゃったそうですが、破談になったと伺いました。理由はお相手に好きな男の方ができて他国に渡ったからだそうです。スタインバーグ様がこの国に来られたのは、長い鎖国の眠りの中で静かに脈々と息づいてきた独特の文化に、ご自身の傷心が癒やされるのだと話されていました。それほど失恋の痛手は大きかったのです」

「あなたは光晴様のことを打ち明けられたのですか？」

「破談のお話を伺った時、わたしと一緒だとは思いました。そして、わたしもスタインバーグ様も共にまだ相手を忘れかねているのが同じだと。ですから、とても自分のことは言い出せませんでした。スタインバーグ様は妓楼の女将《おかみ》さんにわたしの身請け話を持ち掛けて、わたしには結婚を申し込んでくださっていたからです。亜米利加へ来てほしいと。お女将さんは高額な身請け料が示されたこともあって大喜びでしたけど——わたしは——」

「置屋の遣り手の算盤勘定は置いといても、共に失恋の痛手を負った者同士ってとかく惹《ひ》かれ合うもんじゃないかな。なんか同じ匂いがしてさ。川辺で親しくなったのもそのせいじゃない？」

金五が真顔で言った。

「でも、わたしはそれが嫌でした」

雪乃はきっぱりと言い切って続けた。

「夫となった人に一生相手の影を見せつけられるのも、まだまだわたしの裡《うち》に光晴様が棲《す》んでいて、知らず知らずに夫に見せてしまうのも、大きなわだかまりがあったのです。光晴様のお父様がみえて、光と雪を返すようおっしゃってからは猶更《なおさら》でした。わたしはそんなことはないと思いつつも、心のどこかで光晴様がおいでになるのを期待していたのです。そこまでのこともスタインバーグ様に話しました。これでわかっていただけて諦めてくださると思いました。ところが、何かあったらと女将さんに言い置いていて、わたしとうさぎたちは無事このお屋敷に逃げ延びました。またこのお屋敷まで付け火された時は、お仕事先の横浜から深夜だというのに戻ってきてくださいました。そして、今は〝あなたの心は水面で例えるなら嵐で波立っています。その揺れがおさまるのをわたしはいつまでも待ちます〟とおっしゃってくださっているのです」

「最後に訊いておきます。土井光輝、光晴親子に恨みはないですね」

金五は念を押した。

「まさか――あり得ません」

雪乃は大きく何度も首を横に振った。

「わたしも一つ聞かせてください。あなたは先ほど、警察へ行くつもりだったとおっしゃっていました。わたしたちに告げた事実を話す目的は、ご自身にかかってくるかもしれない容疑を晴らすためだったのですか？」

「それだけではありません。ここの小火騒動の折、裏手で亡くなっていたのが土井光輝様だということは警察の方から伺いました。その時は警察の方に何も申し上げませんでしたが、使用人たちの一人が、実は裏手から逃げ去る者を見たことをわたしに教えてくれたのです。背恰好《せかっこう》は小柄で中肉、脱げかけていた頭巾から白髪頭が見えていて、光晴様には似ていない様子、わたしはそのことを警察に報せに行こうと思っていたのです。光輝様と光晴様はわたしの知っている限り、ずっと以前から不仲でしたから。光晴様にもわたし同様の嫌疑がかかってはいけないと思ったのです」

「土井光晴は今現在、父親殺しの容疑で警視庁に勾留されています」

金五は告げた。

「そんな――光晴様は人殺しなどできる方ではありません。ましてや、お父様を手にかけるなんてあり得ません」

雪乃ははっきりと言い切り、

「どうか、何とかして光輝様を手にかけてその場を去った小柄で中肉、白髪頭の男を探してください。その男こそ真の下手人なのですから──お願いです」

深々と二人に頭を下げた。

「わかりました」

桂助は応えて、

「あなたはここにいらしてください。うさぎ税で多数のうさぎの飼育が放棄されたとはいえ、富裕な好事家にとって、垂涎ものである番いの黒面更紗の価値はしばらくは上がり続けるでしょう。まだまだ光と雪は狙われます。暴利を得る取り引きに関わっていたと思われる光輝様が、何者かに口封じされたとなれば油断はできません。黒幕は他にいるのですから。あなたはここにいて、くれぐれもご用心ください。スタインバーグ様にも傍《そば》にいていただいた方がいいかもしれません」

と言った。

「実はわたしがここへお世話になるようになってから、スタインバーグ様は別棟に寝所を移されて画室に籠《こも》られております。〝こうも立て続いて怖い目に遭ったのですから、思い切って楽しく気分を変えるべきです。光と雪を愛でつつ、二羽を日本画と油彩画、各々《おのおの》に描いてみませんか〟というお誘いがございました。光輝様のことを伺わなければそちらへ参るつもりでした」

そんな雪乃に、

「是非、そうなさることをお勧めします」

桂助はまた微笑んだ。


警視庁に戻った二人は早速このことを川路に告げた。

「疑いのあった雪乃に、ミスター・スタインバーグが惚れ込んでいたとは何とも厄介だ」

川路は渋い顔で、

「すでにミスター・スタインバーグ本人から、これ以上の屋敷への立ち入りは止《や》めてほしいとの抗議があった。また、土井光晴を解き放つようにとの要望もあったがこれは断った。現在、巡査たちを動員して奸商《かんしょう》であるうさぎの売買世話人、大物小物合わせて七十人ばかりで調べさせたが、上で指示していた者の名は割り出せなかった。光晴はやっと吉原の妓楼の火事は父光輝の仕業ではないかと思うと吐いた。その夜、外出先から煤《すす》だらけになって帰ってきたのを見たという。だが、泣く泣く別れた想い女、雪乃に危害を加えようとした父親の強欲さにかっとなり、その父親を殺したことまでは認めていない。だがそのうち非力な者の過度にして残虐な手口を認めるだろう。これでうさぎ売買で富を得ていた光輝が黒幕だったこととなり事件に幕が引かれることになる。当世、華族もあこぎな商いをするようになったものだが、これぱかりは公にはできぬ」

と締め括《くく》りかけた。

「本当に土井光輝様が黒幕なのでしょうか？　光輝様が真に黒幕ならば子息にあっさり殺されたりするものでしょうか？　黒幕とはもっと用心深く、たとえ血縁でも自分の意に染まず反抗的な息子には気を許さないものでは？」

桂助は言い、

「光輝様を殺したのは小柄で中肉、白髪頭の男です」

すかさず金五が言い添えた。

「小柄で中肉、白髪頭の男が土井光輝に手を下したとしても、そんな様子の男などこの東京に大勢いるぞ」

川路は苛立《いらだ》った声を上げた。

「黒幕というものはとかく、自らは手を下さないという思い込みはありませんか？」

桂助は川路を見つめた。

「それがどうしたというのだ？」

川路は桂助を睨んだ。

「光晴様の推測通り、土井光輝様が番いの黒面更紗うさぎ目当てで、吉原の妓楼に火を付けたのだと思います。今度はその光輝様がスタインバーグ邸の裏手で骸となって発見されました。これも番いの黒面更紗うさぎ目当てです。少なくとも光輝様は再度命じられ、スタインバーグ邸に付け火をし、火事の混乱に乗じて目的を果たそうとしたのでしょう。ところが屋敷の裏手で殺されてしまった。これがどういうことかおわかりでしょう？」

桂助の問いかけに、

「黒幕の狙いは黒面更紗うさぎではなく、スタインバーグ邸におびき寄せた土井光輝を始末することだった。おそらく口封じのためだろう。となると光輝の上に真の黒幕がいたことになる」

川路はやや悔しそうな顔で言い当てた。

十

「そして土井光輝様が口封じされたのは、その真の黒幕の近くにいたからです。光輝様だけが黒幕の正体を知っていたということになります」

これを聞いた川路は、

「すぐに勾留してある土井光晴を調べ直して、父親が近しく交流していた相手を訊くのだ」

と金五に命じた。

こうして再度取り調べられた光晴は以下のように語った。

「父光輝が最も親しくしていたのは宮内卿の京極直徹様でした。〝当家がこのような栄誉と富を得たのは政《まつりごと》に関わって俊敏この上ない京極様のおかげだ。ただし当家にあって京極家にないのは、遠いとはいえ天子様との血のつながりだ。京極家は公家の末席ゆえな。まあ、持ちつ持たれつということで今日まで来た。ゆめゆめこの恩義を忘れるでないぞ〟と折ある毎に話していました。わたしに持ち込まれていた、番いの黒面更紗うさぎ持参の上の婿養子の話もこの京極様からのものでした。それゆえ、父はもとよりわたしも拒むことができなかったのです」

とまず話し、光輝が殺された日の様子に及ぶと、

「もとよりわたしは、生きもの嫌いだった父の降って湧いたようなうさぎ飼いには反対でした。そのことに触れると必ず大喧嘩になりました。亡くなった母は大人しい静かな女《ひと》でした。父が怒鳴り声を上げるとしばらく震えが止まらず、寝込むこともありました。母に気性の似たわたしは生まれつき声を荒らげるのが苦手で、いつしか父を避けるようになりましたが、それでも、当家にうさぎ舎が造られ、うさぎがぎっしりと詰め込まれて飼われるようになると、本来のうさぎの食べ物ではない、ただただ滋養のあるおからを与え続けるのはよくないと迫りました。父は無言でした。うさぎ投機については〝これは土生家のためだ〟とだけ言い、他には何も語らなかったのです。ただし、殺された日に限って、うさぎ税の導入でずっと不機嫌極まりなく、苛ついていた父が朝から機嫌がよく、〝これでこの家も安泰だ〟などと申しました。安堵している様子でもありました。そんな父が夕刻に盛装して京極様をお訪ねすると聞いて、今うさぎ投機に失敗しかけている父を、京極様が助けてくださるのだと思いました。公家ならではの格式ばった風流にして広い付き合いの場を通して――。安心していただけに父が殺されたのは驚きでもう――、父は父なりに、気の遠くなるほど長きに亘《わた》

って続いてきた当家を守ろうとしていたというのに」

　言葉を詰まらせた。

　この光晴の話に金五は、

「ただちに京極直徹をここへ呼びましょう」

　と言ったが、

「京極直徹などと呼び捨てにするな。そもそも今の話だけでは、京極直徹様が土生光輝殺しの下手人だという証にはならない。また黒幕だったという証は猶更ない。とにかく京極様は天子様の信任厚い宮内卿であられるのだぞ」

　川路は頑として聞き入れず、

「やはり息子の土井光晴の仕業だ。今回のうさぎ投機の失敗が引き金となり、血を分けている父親だからこその光晴の積年の根深い恨みの発露と考えられる。奸智《かんち》に長《た》けた光晴は巧みに我らの疑いを京極直徹様に向けようとしているにすぎぬ。ここまで我らを揺さぶるとはたいしたものだが、証が何一つないのが光晴の最大の弱みだ」

　にべもなく言い放った。

「証ならございます」

　桂助もまた言い切り、

「これから岸田巡査と京極邸に参るお許しをいただきたいのです」

川路に迫った。

「証とやらは確としたものなのか？」

川路は皮肉に笑った。

「仮に小柄で中肉、白髪頭が京極様のご様子であってもそんなものは証になどならぬぞ」

「承知いたしております」

「相手はかくも身分のあるお方だ。証なくば、たかが口中医の骸検視風情がご身分を傷つけただけになる。これは天子様に弓引くことも同じだ。悪くすると厳罰は免れない。その覚悟はあるのだろうな」

川路は桂助と金五を交互に見据えた。

「ございます」

桂助は凛《りん》とした声で応えたが、

「もちろんです」

金五の声はやや震えていた。

「川路様とて一刻も早いこの一件の解決を願っておられるはずです」

少しもたじろぐことなく桂助は川路に向かって言った。

「わしとて、世の人々を惑わせる悪人は、見つけ次第罰するべきだとは思っている。それゆえ、うさぎ税を課してうさぎ投機という巨悪を根絶やしにしようとしているのだ。証さえ摑《つか》めれば身分を超えてそれができるかもしれぬ。京極邸への訪問を許す。悪人に身分の差などあってはならない」

川路の目に決意のほどが見てとれた。

二人は三田にある京極邸へと向かった。

「土生家の倍はある広さだよね。でもスタインバーグのところよりは狭いかな」

門前で金五はこうも心細げに呟いた。

「悪くすると俺たち不敬罪ってことになって死刑でしょうか？　川路様だって無傷じゃいられないよね。大警視クビかも」

「あり得ません」

桂助は冷静な口調で、

「そのようなことはあり得ないし、あってはならないのです」

と続けた。

応対に出てきた使用人は典型的な公家顔の持ち主で、

「巡査と骸検視？　いったい何の御用でございましょう？」

けんもほろろに主への取り次ぎを拒んだ。

「これを京極様にご覧いただいてください」

桂助は、川路から預かってきた大警視川路利良の署名のある書類を差し出した。それにはうさぎ投機殺害事件に関わって、桂助たちの調べを受け入れるようにと記されている。

「少しお待ちください」

能面のような使用人は一度奥へと報せに行った。かなりの時を待たされて、

「長いよね」

金五はぼやき、

「華族様の流儀でしょう」

桂助は洩らした。

「こちらへ」

二人は客間へと案内された。

精緻にして瀟洒《しょうしゃ》な平安の昔の夏風景が描かれている狩野《かのう》派の大屛風《おおびょうぶ》の後ろから、

「どうぞ」

というしゃがれた声が掛かった。

「失礼いたします」

まず二人は屛風に頭を下げて前に進んだ。

「わたくしが京極直徹です」

桂助たちは座って畳に頭がつくほどの礼を示したが、京極直徹は宮内卿の身形《みなり》で座っている。立っていないので背丈は定かではなかったが座高は低く、肉付きは普通で頭髪は白い。左目が眼帯で隠れていて左頰に引っ搔《か》き傷があった。

──これ、先生、間違いないよ──

金五は桂助に向けて目をぱちぱちさせたが、桂助は応えず、

「うさぎ税に関わって起きた殺人についてお訊《たず》ねしたいことがございます」

すぐに切り出した。

「おや、うさぎ税？　うさぎ税でも死ぬお方が出たのですか。うさぎ投機が高じて、親子や主従が殺し合う話は聞いていますが、うさぎ税で人が殺されたと聞いたのは初めてです。うさぎ税は人殺しなど起きて世の中が不穏にならぬよう、定められた決まりのはずでしょう？」

京極はほとんど抑揚のない声で応えた。

「亡くなられたのは土生光輝様です」

桂助はさらりと告げた。

「土生光輝さんが？　これは驚きました」

その実、京極の声は少しも驚いてなどいなかった。

「無残に殺されたのです」

桂助は畳みかけた。

「土生光輝様とは長きに亘る知己です。蹴鞠や歌会をはじめ食通競べ、絵画や雅楽の鑑賞、四季折々の花を愛でて歩くなど楽しい時を共に過ごしてきました。いわば公家ならではの京の風雅を東京で分かち合う数少ない友でした」

京極は淀《よど》みなく返してきた。

「土生光輝様はあなたのところへ向かうと家の者に言い置いて、馬車で土井家を出た後、スタインバーグ邸の裏手の庭で殺されています」

桂助は追及し続けた。

「たしかにその約束はしていました」

「折り入ったお話があったのでは？　公家様ならではの盛装をなさっていたということです」

「それならわたしたち公家はたとえ仲間内のものであっても、何事につけて盛装を好むのです。お笑いになるかもしれませんが、公家ならではの精一杯の矜持《きょうじ》です。これは他の公家にお聞きになっていただければおわかりになりましょう」

京極は巧みに躱《かわ》した。

「目と顔の傷はどうしてですか？」

とうとう金五のしびれが切れた。

「自分の怪我《けが》の説明をしろというのですか」

京極の声が尖《とが》った。

「それはあまりに非礼ではありませんか？」

京極は桂助に同調をもとめたが、

「わたしもそれをお訊きしたいです」

桂助は相手を見据えた。

「ならば申し上げましょう。庭を散策していて躓《つまず》いて転び、低木の小枝が目に刺さり、頬が擦れたのです。これでご納得ください」

京極はもっともな理由を口にした。

「ご散策なさったのは庭のどの辺りですか？　夏なのに葉がついていない低木は珍し

いので気になります」

　桂助は痛いところを突いた。

「はて、どの辺りで何の木だったか。そうそう、痛い目に遭わされたので抜いて捨てさせました」

「でしたら、あなたの目や頬を傷つけたのは何の木だったかは、それを捨てた方がご存じですね。呼んでいただけませんか？」

　桂助は食い下がった。

「あなた方はいったい何が言いたいのです？」

　京極は鼻白み、

「そうでした。まだお見せしていないこちらの文書がございました」

　桂助は光輝が抉り取っていた、下手人のものと思われる肉片とその形状について書いたものを差し出した。

「ようはあなた方はわたしの眼帯の下に抉り取られた痕があるとお考えですか？」

　京極の声が高く掠《かす》れて怒りがぶちまけられた。

「そうでないとおっしゃるなら、眼帯を外して小枝で付いたという傷を見せてください。左目近くに六本の犬歯で抉られた痕があるはずです」

桂助は声を張った。

するとと京極は、

「これ以上の調べは無用に願います。わたしと土井光輝さんとは固い絆で結ばれていて、うさぎ投機で破産しかけていた土生さんに、ご子息が遊女に与えた番いの黒面うさぎのことを打ち明けられ、大警視の川路利良様を介して、人であれ、骸であれ、何であれ、探し物を含む事件解決に才のあるあなた、藤屋桂助にお願いするよう計らったのですよ。わたしと川路様が非常に懇意だという事実を忘れないでください。ですので眼帯は外せませんし、外す必要もありません」

眼帯をしていない右目で桂助を睨み据えた。

するとそこへ、

「大警視の川路利良様がおいでになりました」

使用人が報せに来た。

「ここからはわしが代わって調べる」

川路は二人を屛風の外に追いやって、

「京極様、これ以上はもういけません。お諦めください。これから申し上げることは天子様のお裁きであり、ご温情であると思《おぼ》し召しください」

という相手を説得する声が聞こえてきた。

京極直徹は土生光輝と共にうさぎ投機を思いついて、主に売買世話人たちを指揮して流行を広げて儲け続けていた事実を認めた。うさぎ税が近々にうさぎの大暴落を引き起こすと察して、人気のある黒面更紗、しかも番いを得て、何とか最後の一花を咲かせようとしていたのだった。京極は光輝殺しを白状する代わりに、顔の傷痕を川路だけに見せた。雪乃がうさぎたちと共に暮らしていた吉原の妓楼の付け火は、火付けをする姿を見かけていた者が出てきて、仕事にあぶれていたごろつきの仕業とわかり、光輝から金をもらって火を付けた事実も判明した。

これを機に川路は、

「これからは、うさぎを隠匿していた者は一円とは別途そのうさぎの価格と隠匿期間に応じた重税を課すことにするつもりだ。そうすればまだまだ完全には冷めていない、うさぎ投機の熱を冷ますことができるだろう。人を一攫千金の夢に誘う悪は徹底して叩かねばならぬ」

新たな取り締まりの腹案を口にした。

京極直徹は宮内卿を辞任し、土生家は江戸の頃のように取り潰しにはならなかった。病弱な兄に代わって当主になった光晴は屋敷を売って、うさぎ投機の失敗で嵩《かさ》んだ借金を返し、ささやかな仕舞屋《しもたや》に移り住んだ。すでに川路の伝手《つて》で小学校教員となり、兄との暮らしを支えている。

「わたしの幸せは気楽で好きなことができることのようです。子どもたちに自然の中で精一杯生きている、生きものたちの暮らしぶりを説明すると、目をきらきら輝かせてくれるのがうれしいです。わたしも人という生きものなので、身の丈にあった暮らしに満足しています」

いくらか肉付きと血色のよくなった光晴が語った。

雪乃の方はアルバート・スタインバーグと結婚して亜米利加へと旅立って行った。

「雪乃さん、アルバートさんってとても素敵な考えのご夫婦なのよ。あたし、助けられもしたし、いくら話していても話し足りないほど楽しいんだもの、亜米利加へ行ってしまった時はもう寂しくて、切なくて――」

お房は桂助たちよりもずっと雪乃やスタインバーグと親しくなっていた。

「雪乃さんとスタインバーグさん、捨てられたり殺されたりするうさぎが一羽でも多くならないようにって、うさぎが暮らすのに適した無人島を探して買って、うさぎ島にしてくださったのよ。そこは一年中温暖でオオバコ、クズ、シロツメクサ、タンポポ、ナズナ、ノゲシ、ハコベ、ヨモギなんかが絶えずにあるの。あたし、保護したうさぎたちが伸び伸びと暮らしてる写真を見せてもらって大感激したわ。スタインバーグさんは、商人には社会に奉仕する義務があると考えておいでで、あたしも全く同感なのよ。スタインバーグさんは雪乃さんと十五歳ほど年齢が離れてることを懸念してたけど、あの二人、絵画とかの芸術好きでぴったり気が合ってるから大丈夫。雪乃さんはスタインバーグさんの芸術品収集のお手伝いのお仕事もなさるそうですよ。あたしもそのうち二人のいる亜米利加へ行くつもり――」

一方、雪乃は桂助に宛てて以下のような文を届けてきた。

アルバートと光と雪が一緒でこんなに幸せでいいのかしらと、時折煩を抓《つね》りたくなるほどの満ち足りた日々です。

ですからこの事実はきっともう先生ならばお気づきだと思われますが、わたしの口からお伝えさせていただきます。

うさぎは多産だと言われているのに、光と雪の間に子は生まれていません。実は光と雪は番いではないのです。姉妹です。そして番いではなく姉妹をくださったのが、光晴様のわたしへのお気持ちだったのだと今にして思います。わたしと光晴様はそれこそ兄妹のような幼馴染みだったのですから。ずっとこのまま、兄妹のように真から相手を思いやって行こうというお気持ちが光と雪だったのでしょう。子を産むためのうさぎの雌雄、子孫を残すための人の男女が光晴様には苦手だったのかもしれません。この気持ちはわたしにもよくわかりますし、アルバートにもわかるはずですが、これだけは話していません。

なぜなら、光晴様のそのお気持ちを大事にしまっておきたいからです。こんなに幸せなわたしがそうしていれば、必ずや光晴様にも幸せが訪れるように思えます。光晴様の幸せを願って止みません。

雪乃スタインバーグ

藤屋桂助先生

「どう思いますか？」

桂助にこの文を見せられた志保は、

「誰にも踏み込めない永遠の純愛なのですね」

ふっと羨望のため息を洩らした。

第三話　曼珠沙華

一

「桂《けい》さん、ちょっと聞いてほしいことがある」

このところ、〝いしゃ・は・くち〟では、虫歯削り治療をする患者たちが増えている。治療を受けた人たちが、虫歯削りのおかげで痛んで嚙《か》めなかった歯が嚙める歯に生まれ変わったと喜んで周囲に伝えているからだが、それだけではなく、〝いしゃ・は・くち〟に高価な虫歯削り機を贈ってくれた長与専斎《ながよせんさい》の意向なのか、新聞は時折、虫歯削り機を取り上げて、〝これぞ、口中治療の文明開化〟だと喧伝《けんでん》していた。

〝いしゃ・は・くち〟の二台の虫歯削り機はもはや、西洋の黒い魔物扱いされていなかった。鋼次《こうじ》と小幡英之助《おばたえいのすけ》が揃《そろ》って忙しく虫歯削り機による施術を行っている。

そんな折柄、鋼次は施術の合間を縫って離れの桂助《けいすけ》に声をかけた。

「それなら三時の休みに聞きましょう」

桂助が応えた。

桂助もまた日々忙しい。桂助が診《み》ているのは虫歯の歯削りではない患者たちであった。といっても桂助が得意とする歯抜きは以前ほど行われていない。

「わたしが抜く歯は、痛んで眠ることもできずにいる子どもの虫歯や、高い熱がでて頬が腫れている等、虫歯の毒が全身にまわり、すでに歯削りでは残すことのできない歯に限ります。その他のたいていの虫歯は虫歯削り機で治療すれば、抜かずにすみます」

〝痛くない歯抜きの天才〟の下に集まる患者たちにそう言い切っているからである。

〝いしゃ・は・くち〟の虫歯削り機が活用されてきているのは、桂助のこの合理的な主張が受け入れられているせいもあった。

といっても桂助の患者は減るどころか、むしろ増えてきている。

そもそも虫歯だけが口中の病ではない。以前から歯周病（歯草《はくさ》）や口内炎、顎関節症等に限らず、舌を含む口腔《こうくう》内のあらゆる痛みや違和感を訴える患者たちも多かった。そんな患者たちに加えて、口中とつながりのある鼻や耳、喉の不調を治してほしいと願う向きが増えた。

「そもそも口中だけではなく、鼻や耳、喉まで診る口中医は、お大名や大身の旗本方等、士分や富裕層相手がほとんどだったでしょう。その頃からずっと庶民相手の口中科、〝いしゃ・は・くち〟を立ち上げてた兄さんなんて型破りよ。幕府がなくなってしまった今のご時世、口中医も滅びつつあるのよ。治療を止《や》めて、小商いをはじめたという口中医の話を聞くけど、上手《うま》くいってる例はあまりないみたい。何しろ、今時の商いは明治政府のお偉いさんとつながりをつけて、列強相手の貿易に一枚噛ませてもらえないと駄目だもの。武家社会の遺物みたいな口中医は生き残れないと思う」

と妹のお房は口中医の存続に懐疑的なだけではなく、

「それと兄さんはとっくに知ってるでしょうけど、西洋には口中科なんてなくて、主に虫歯、歯だけの治療をする歯科、舌を含む口腔科《こうくうか》、耳と鼻、喉の専門である耳鼻咽喉科、と専門に分かれているのよ。この三科を合わせたのが日本の口中科なのよね。その他に日本の口中医って、入れ歯師と組んで義歯も請け負ってただけじゃなく、花柳病（性病）で欠けた鼻や失《な》くした目の代わりの義鼻や義眼なんかも生業《なりわい》の裡《うち》だった。大事な医療に関わってこんなごちゃまぜ、もう新しい世の中じゃあり得ない」

辛辣《しんらつ》でもあった。

もっとも桂助は、

「わたしは徳川様の頃も今も、目の前の患者のために最善を尽くしたいと思っています」

とだけ言い続けていた。

応接間のソファーに座って桂助と向かい合った鋼次は、

「桂さん、大丈夫かい？　志保《しほ》さんからあの手の患者が多くて、ずっと働き詰めだって聞いてるよ」

あの手の患者というのは流行風邪《はやりかぜ》に罹《かか》って命は取りとめたものの、口中や鼻、喉、咳《せき》、胃痛や下痢、ようは全身の不定愁訴で日々、桂助のもとに押しかけている人たちのことであった。

「これだけ蘭方《らんぽう》が人気なんだし、漢方だってまだまだ負けてないんだから、そういうのはそっちへ行ってくれりゃ、いいんだろうけどさ」

自分たちにも増して多忙な桂助を鋼次らしい言葉がねぎらった。

「今はもうご公儀の手形がなけりゃ、どこにもいけなかった時代じゃねえ。どこにいても自由に動ける。人が一番に大事にしたいのは命だろ。だから、〝神様みたいな治しの術ができる〟とか、〝生薬煎じの名医ここにあり〟みたいな噂《うわさ》が飛びかうと、患者は日本中から集まってくる。流行りの蘭方医も漢方医も馬鹿高い値を取る。こいつを払えるのは東京者も田舎者《いなかもの》も金持ちだけだから当然、あぶれる患者も出てくる。桂さんはそんな患者たちも助けてるんだろ？」

「病んでいる患者さんに何の別もありませんから」

桂助は短く応えた。

「うーん」

鋼次はそこで頭を抱えた。

「どうしました？」

桂助が案じると、

「頭が痛いんじゃねえから心配しないでくれ。いくら目の前の患者のためになるのが、桂助さんの変わらない考えだからって、こんなこと頼んでいいのか、どうか――。〝もうそうは若くないんですよ〟なんて案じてる志保さんのこともあるし――、駄目だな、俺って奴《やつ》は」

鋼次はこういう時の癖で、握った拳でぽかぽかと自分の頭を殴った。

「当ててみましょうか？」

桂助は微笑《ほほえ》んで、

「わたしが役立てる方が鋼さんの知り合いにいるのでは？」

と言った。

鋼次はあー、ふーと息を洩《も》らした後、

「実はそうなんだよ」

目を伏せた。

「どのようなお知り合いですか？」

　桂助は話を促した。

「昔、房楊枝《ふさようじ》を納めてた先の骨董屋《こっとうや》で千年堂《せんねんどう》。今は病に倒れた主《あるじ》に代わって娘が商いを続けてる。俺の房楊枝が気に入って、今も注文してくれてるんだけど、虫歯削りが忙しくなってきてるんで、いよいよ注文数をこなせなくなってきた。そんな時に主が流行風邪の後から続いてる、頑固な頭痛と歯の痛みで、ひどく苦しんでるって娘さんから聞かされて——俺、遮二無二《しゃにむに》にどうにかしてやりたくなったんだよ。俺の力じゃ、どうにもなんないのにな、やっぱり馬鹿だよな、俺は——」

　鋼次はぼやくように言った。

「わかりました。まずは千年堂さんへ往診に向かいましょう」

　桂助の言葉に、

「すまねえ」

　鋼次は深く頭《こうべ》を垂れた。

　翌日、

「大丈夫ですよ。今日の午後の虫歯削りはわたし一人でやりますから、安心して行ってきてください」

英之助が請け負ってくれて、鋼次は桂助と共に日本橋の千年堂へと向かった。

途中、鋼次は、

「なつかしいよ、こうして桂さんと往診するの。アメリカへ行く前は多かったよね、この手の往診——皆俺たちのこと待っててくれてさ、今より若かったし楽しかった。それに俺、前は付添いだから気楽なもんだった。今が嫌ってことないけど、亜米利加へ行ったことも夢の中でのことで、時々あの頃に戻りたくなったりする」

しみじみと言い、

「何を言うんです、鋼さんは立派な虫歯削りの技をアメリカで身につけて今があるのですよ。何より、今だって患者さんと向かい合う毎日は常に新しく楽しいはずです。たしかに以前は今よりは若かったですけどね」

桂助は苦笑いした。

向かった千年堂は、間口も奥行きもある堂々たる構えの老舗《しにせ》であった。店の前に植えられている銀杏《いちょう》が鮮やかな黄色に染まる時季で、果てしなく高く青い空へと伸びている。そこに秋ならではの寂しさを含んで澄み切った静けさが感じられた。

「それにしても、落ち葉一枚落ちてねえのが凄《すご》い。ここはいつだって店の前には塵《ちり》一つ落ちてやしねえんだよ」

鋼次がため息をついて、桂助が店先で訪《おとな》いを告げると、

「よくおいでくださいました」

白い細面に整った顔立ちの二十歳《はたち》そこそこの女が迎えてくれた。

「千年堂主、千年悠久《せんねんはるひさ》の娘千里《ちさと》でございます。このたびは父のためにご無理をいただきました。どうぞ、こちらへ」

二人は店の奥へと上がった。

「古臭くむさくるしいところで失礼いたします。いずれ西洋骨董も扱うつもりで改装も考えておりますが、今のところはまずは父に元気を取り戻してもらいませんと――」

長い髪を西洋髷《まげ》に結い上げた千里の胴を絞った洋装姿は、格子柄に白い襟と袖が清《せい》楚《そ》な印象であった。

奥まった一室が悠久の病室に当てられていた。畳に絨毯《じゅうたん》が敷かれて寝台が置かれ、白いものが目立つ病人が横たわっている。今は眠っている様子ではあったが、時折、眉間に皺《しわ》を寄せていた。

傍《そば》には、丸髷に大きな縞木綿《しまもめん》を粋に着こなしている三十代後半の女が控えていた。やや鰓《えら》が張り気味で、大きく形のいい目鼻口の持ち主であり、若い頃の華やかな美貌

が偲《しの》ばれた。

二

「連《れん》と申します。旦那様がお世話になります。よろしくお願いいたします」

女は頭を下げた。この時、

「あなたは何もここにいなくてもよかったのよ。いる必要なんてありません」

千里が冷ややかな目をお連に向けた。

「でもわたくしは晴れて悠久様の妻になりますので」

お連は言い返した。

「そうは言ってもおとっつぁんがこんな風では祝言なんてあげられないし、まだ届けだって出してないでしょ」

千里が女雛《めびな》に似た愛らしい唇を曲げた。目も吊《つ》り上がる。その様子は初々《ういうい》しく清楚な印象には不似合いだった。

「お決めいただけたことですし」

お連は千里に向けて左手の甲を向けた。薬指にきらきらと光る、ダイヤモンドの指輪が嵌《は》められている。

「あら、それ、どうしたの？」

千里は意地悪く訊《き》いた。

「ご存じなかったでした？　天子様が大変お好きなのだそうです。何でも皇后様が洋装をされる時、贈られたのだとか。旦那様はそれに倣ってあたしにくだすったんです。今のように臥《ふ》せられる少し前のことでした」

お連の物言いは皮肉そのもので、

「まことしやかな話ね。たしかにおとっつぁんは高額な西洋骨董を扱うと決めてて、数少ないダイヤも異人から買い上げて集めてたけど、あなたに贈ってたなんて考えられない。おとっつぁんが承知しているといいけれど」

千里は相手をやりこめるような口調になった。

その時眠っていた悠久がうーんと呻《うめ》いて薄く目を開いた。

「おとっつぁん」

「旦那様」

二人は駆け寄り、

「お目ざめのようですから治療を始めます」

桂助は往診鞄《かばん》を開いた。

患者に向けて口中医だと名乗ると、

「千年堂五代目悠久です。どうにも新しいものに馴染《なじ》めず、江戸の昔からの口中医の先生でなくては嫌だと娘に我儘《わがまま》を言いました。まさか、千年堂《うち》まで来て診てくださるとは思っていませんでした。ありがたいことです。よろしくお願いいたします」

悠久は礼と挨拶を返した。

「それではまずは、歯が痛むとおっしゃるので口中を拝見します」

桂助は患者に口を開かせた。

「虫歯は見当たりません」

「でも、歯とも歯茎ともつかないところの痛みがあります」

「どんな風に痛みますか？」

「激痛ではなく、始終じんわりと続く不快な痛みです」

「痛みに似た他の箇所の痛みはありませんか？」

桂助は相手の顔を凝視した。時折、痛みを感じての瞬《まばた》きが続いている。

「頭が痛いのよね、おとっつぁん」

千里の言葉に悠久は頷《うなず》いた。

「ずきずきする、締め付けられるような痛みですか？」

桂助の問いに、

「いえ、どんよりとして続く痛みです」

「頭だけではなく、頰や目の奥、鼻の周り、額なども痛むのではありませんか？」

「そういえば——、ああ、でもこうした痛みは頭が痛いせいだと思っていました」

「その痛みが始まったのは流行風邪に罹った後だと伺っていますが——」

「あー、いつからだったか——」

首を傾《かし》げた悠久に代わって、

「そうでした。流行風邪では亡くなる方も少なくないのに、命を取りとめられてありがたいことだと言って、父は神棚に手を合わせることが増えました。それで、熱が引いて起き上がれるようになっても続く鼻水や鼻づまりも、そのうち治るだろうと言って我慢していたようです。そのうちに頭痛に苦しみはじめ、肩や背中がひどく凝り、いくらか微熱も出てきてふらつくようになり、臥せるようになりました。これはもしや卒中の兆しではないかと案じています」

千里が思い詰めた表情で応えた。

「卒中ではありません」

桂助は言い切った。

「風邪等の後、鼻にも風邪が悪さをし続けていて、おそらく鼻の奥の空洞に膿《うみ》が溜《たま》りはじめているのだと思います。鼻水が黄色く濁って嫌な匂いがしているのでは？　その鼻水が喉に落ちると、ほどなく咳《せ》き込むのでは？」

桂助の言葉に悠久は大きく頷き、部屋の襖《ふすま》が開いて、

「皆様、お茶を召し上がってください。旦那様の大好物のカステーラと一緒にどうぞ」

いつの間に用意したのか、お連が大きな盆を手にして入ってきた。

「余計なことを」

千里の口調ががらりと変わった。

「ろくに味がしないからと、このところおとっつぁんの食が進まないのは知ってるはずよ」

「でも旦那様は、食が進まないせいで目に見えて痩せられています。人は食べて生きているのですから、先生、食は大事ですよね」

お連は桂助に助けをもとめた。

「その通りです」

応えた桂助は、

「食べものの味がしなくなっているのも鼻の病のせいです。あなたの病を治すには薬だけではなく、おっしゃるように食も大事なのでどうか、わたしたちにおつきあいください」

お連が勧めた茶を啜《すす》ってカステーラに添えられた菓子楊枝を手にした。鋼次はこれに倣い、千里は、

「父は鼻の病だとすると命に関わることはないのですね」

桂助に念押しした。

「ええ、もちろん」

「よかった」

ほっとした千里は菓子楊枝を取り上げ、悠久もつられて茶とカステーラを口に運んだ。

桂助は、鼻の奥に溜る膿の原因である腫れによる炎症を治癒させ、鼻づまりを解消するために葛根湯《かっこんとう》と荊芥連翹湯《けいがいれんぎょうとう》、辛夷清肺湯《しんいせいはいとう》を処方することに決めて、千年堂を辞することにした。

「薬は後であたしが取りに伺います」

お連の言葉に、

「いえ、わたしが」

と千里が返し、またしても二人は睨《にら》み合った。

千年堂からの帰路、

「俺、房楊枝を届ける時会うのは千里さんだったり、お連さんだったりするけど、二人一緒に会ったのは初めて。あんなに仲が悪いだなんて思っていなかったからびっくりした。でも、考えてみりゃ、主の悠久さんは奉公人のお連さんと男女の仲で、ぼちぼち女房にしようとしてるんだろ。俺が出入りする頃にはもう、千里さんのおっかさんは死んでいないって話だったけど、おっかさんの生きてる頃からお連さんとおとっつぁんが理《わり》ない仲だったら、当然、娘の千里さんはお連さんが嫌いになる。そう考えると当然なんだけどさ、ああいうの、俺、千里さんには似合わないっていうか、なんかね、珍しくぐさっときたよ――」

鋼次はしきりに千里とお連の不仲を気にした。

「それで鋼さん、二人と話をしなかったのですね」

「向こうだって言い合いばかりしてて、俺なんてまるで眼中になかったし、正直カステーラもやっと茶で流し込んだんだ。もしかして、悠久さんの流行風邪の後の鼻の病って、あの二人の不仲が因《もと》だったりして？」

この鋼次の言葉に、

「それもあり得ますね」

桂助は同調して、

「あの病は心の平穏が保たれずに、老いなどで身体《からだ》が弱ってくると発症しやすいものですから」

と言った。

「それとさ、話は変わって、これ、俺の馬鹿みたいな問いなんだけど」

鋼次は前置いてから、

「御一新の後は政府が西洋医学を勧めるせいもあって、今は何と言っても蘭方医に人気が集まってるよね。その蘭方医たち、悠久さんみたいな病にどんな薬、使うんだろう？

当たり前だけど、桂さんが出す葛根湯と荊芥連翹湯、辛夷清肺湯なんてあり得ないだろ、これ全部漢方なんだから――」

首を傾げた。

「病と処置の別によって、蘭方と漢方を合わせた治療をなさっている蘭方医、または漢方医はおられます」

「あ、そうか。桂さんなんて蘭方、漢方にも通じてる上に口中医だもんね。今人気でもてはやされてる奴らなんか目じゃない、最高の医者だった。そうだ、そうだったんだ」

鋼次は呟いて合点し、立ち止まるとうれしそうに両手を打ち合わせた。

この後、千年堂の千里とお連は各々薬を取りに〝いしゃ・は・くち〟を訪れて鉢合わせ、そこでも言い合いになり、

「お二人とも、穏やかにしていればもっとお綺麗《きれい》なのに――」

応対した志保を呆《あき》れさせた。

三

この朝、桂助は夜明け前に目が覚めて、文部省医務局長長与専斎《ながよせんさい》からの文を読み返していた。

医術開業試験の口中科試験官を受諾いただき感謝に耐えません。また〝いしゃ・

は・くち〟が虫歯削りで知られてきていることも、何よりと思います。桂助先生が公の医療行政に乗り出してくださったこともあり、まずは口中治療は一歩踏み出した感があります。従来の口中医が、幕藩体制の終焉《しゅうえん》と共に廃《すた》れていくのは止む無しのことでしょう。

一方、人気のある洋方（蘭方医）や名の知れた漢方医のもとに、地方からも病人が押し寄せています。そして富にものを言わせる優先的な高額治療がまかり通っています。これを新聞は〝今や生きるも死ぬも金次第、名医争奪、これも御一新か？〟と揶《や》揄《ゆ》しています。厳しく叱責しましたが収まる兆しはありません。かつての幕政下でも、高い身分の士分や富裕層に医療の光は当たっていましたが、幕政による統制もあり、その事実がここまで赤裸々に人々の知るところとはなりませんでした。人々の新政府への不信感の火種になるのではと、わたしはこれを懸念しています。幕政のような驕《おご》りではもっともわたしの懸念は知られなければそれでいいという、ありません。

人は貧富の差なく誰でも病を治して生きて行きたいと強く願うものです。府中を騒がせたうさぎ投機にしても、病を得た家族のために名医にかからせたいと切に思い、自分たちの食事を減らしてうさぎのためのおからを買って、うさぎ飼いに運を賭けていた者たちも少なくなかったと聞きました。

わたしは、こうした富裕ではない人たちにも医療の光が当たってほしいと常日頃から思っています。

ですが正直、実際は史記にある〝日暮れて道遠し〟なのです。医療が万人に平等に行き渡る日はまだまだ先です。そうとわかっていても、そのための努力を惜しんではなりません。そう自分に言い聞かせつつも、このところわたしはまだそちらで治療を受けていない虫歯の痛みに悩まされています。

近くそちらへ治療のためにまいります。愚痴ばかり並べた気がいたしますので、ご返信には及びません。

長与専斎

藤屋桂助先生

――長与先生もまた理想と現実の狭間《はざま》で苦しまれているのだ――

同様の想《おも》いを抱いている桂助がせめて、その気持ちを筆にしたためようとしていた時、

「あなた、金五《きんご》さんがお見えです」

すでに起き出して朝食を整えていた志保が、書斎に伝えに来た。

「すぐに支度をなさってほしいそうです」

「わかりました。少しだけ待ってもらってください」

桂助は素早く身支度をして玄関へ向かった。

「何かありましたか？」

「骸《むくろ》が出ました」

「なるほど。お役目ですね」

「たぶん、殺しじゃないと思うんだけど」

「気になることでもあるのですか？」

「あるっていえばあるけど」

二人の足は向島《むこうじま》へと進んでいる。

「死んでたのは松永幸太郎《まつながこうたろう》。大人気の蘭方医だよ。府中だけでなしに大阪と合わせても一、二を争う流行医者。蘭方医だから腕がめちゃくちゃ立って、怪我《けが》治しの神様。どんな重傷でも立ちどころに縫いあわせちゃうし、出来物なんかはあっという間に取り除いてくれる。よく効く西洋薬を出してくれることでも知られてる」

金五はそこで一息ついて、

「おかみさんに子どもが三人。神田《かんだ》に住んでて向島に別宅まで持ってる。もちろん落ちぶれた商人のものを買ったんだろうけど、斜面の途中に建っててお屋敷みたいに広いんだよ。そんな奴に悩みなんてあると思う？」

「自害のように見える死に方なのですね」

「まあ、自害かもしれないし——。とにかく死んでるとこを検《あらた》めてほしい」

こうして桂助は金五と共にゆるやかな坂を上って、松永幸太郎の別邸へと向かった。丘陵の途中に門がある。門から屋敷は見えない。途中に赤い鳥居がある。

「骸はこの先の神社にある。神社は今は松永のものになってるけど、元の持ち主の頃からここの近くの人たちが熱心に詣でてた。そのおかげで掃除とかしてもらえるし、賽銭《さいせん》も入るから松永はそのままにしてた。それで朝、詣でた人が倒れてた松永幸太郎を見つけたってわけ」

金五はそう説明して神社を目指した。途中から上りだった坂ががくんと下りになっていた。鳥居は下りになって続いている平坦《へいたん》な場所に建っている。

歩を進めて鳥居の前まで来ると筵《むしろ》を被《かぶ》せられた骸があった。

金五は見張りの巡査に、

「ご苦労」

声をかけると、手を合わせ、

「これです」

筵を取り去ると洋服の男の骸があった。取り除いた筵に血が付いている。骸の年齢は四十代半ばで金縁の眼鏡《めがね》をかけていて、ざんぎり頭は丁寧にポマードで固められている。

腹部を刀が深々と刺している。流れ出ていたであろう血が、腹部と下半身を染めている。

「他の巡査ならたいてい誰もが、覚悟の自害ってことにするんだろうと思うけど――」

「たしかに切腹による自害には似ています。ですが――」

桂助は骸の革靴を見た。

「靴を履いて切腹による自害をするものでしょうか。それに――」

桂助はズボンをたくしあげて、両足に付いた紐《ひも》状の赤い痕《あと》を見つけた。

「これは縛られていた痕です」

「それなら――」

金五は同様に両手を確認した。

「こっちにもあるよ、縛られてた痕」

最後に桂助は口中を視《み》た。

「糸の切れ端がありました。これは手拭いを嚙まされていた痕です」

ここで二人は顔を見合わせた。

「殺しだね」

「間違いありません」

「金の眼鏡や懐中時計、上等な鞄、盗《と》るなら血で汚さないはずの靴、何一つ盗られてない」

「もとより物盗りの仕業ではありません」

「じゃあ、いったい何なの？」

「それにはもう少しこの先を進まないと」

桂助は神社の裏手へと歩いた。金五もついていく。靴跡を探して進むと、

「靴跡に沿って土が血を吸った痕がある」

金五の特技は一度見たものは忘れないだけではなく、仔細《しさい》微細に見分けられることだった。

「そして、あそこで止まっています」

桂助は靴痕ではない四本脚の痕を指さした。その痕を見つめた金五は、

「痕と痕をつなぐと椅子の幅になるかな」

「そうでしょう」

「ここには血の痕もある。ってことは、ここで松永幸太郎は殺されんだ」

「おそらく犯人は松永さんを襲い両手足を縛ってここに座らせ、手拭いを噛ませ腹部を刺した後、足の縛《いまし》めだけは解いて、椅子を持ち去ったのだと思います」


桂助と金五は骸を警視庁に移すべく、応援の巡査たちを待って、裏手から神社を抜けて屋敷へと向かった。屋敷の中はかつての持ち主が桜の時季等、四季折々に人寄せで楽しんだ時の名残りである、贅《ぜい》を尽くした大広間があったものの、家具らしいものは何一つなくがらんとしていた。もちろん松永やその家族が使っている形跡もない。

「安く売りに出た商家の別宅をとりあえず投資で買っておいて、後で値が高くなったら売るのも富裕層の流行りのようだよ。松永幸太郎もそのつもりだったんじゃないかと思う。ここに手掛かりなしか」

がっかりしている金五に、

「気がつきませんでしたか？　神社の裏手から屋敷までも上り坂になっていることを。

ようは、あの神社は当り鉢のような唯一平坦なところに建っているのです。深手を負わされた後、松永先生が屋敷か、神社に助けをもとめるだろうと犯人はわかっていて、あの場所での殺害を決めたのです。上り坂は下りよりも身に堪《こた》えますから。まるで一度蟻《あり》地獄に落ちた蟻が生きては出られないように」

桂助は言った。

「犯人は松永幸太郎の動きを完璧なまでに封じたかったんだ」

「ええ。手拭いを嚙ませたのは、決して助けを求める声を上げてほしくなかったからです。神社には時に夜半や早朝の願掛け参りで訪れる人たちもいますからね。屋敷にも誰か呼んでいる可能性はあります。とにかく松永先生が見つかる時は骸になっていなければならなかったのです」

四

「ってことは、恨み骨髄による殺しってこと?」

「そうなります」

桂助はきっぱりと言い切った。

松永幸太郎の別宅にての骸検分は警視庁の川路大警視に報告された。物盗りや金目当てではなく、恨みによるものとしか考えられない殺し方だと説明された川路は顔をしかめて、

「まずは松永幸太郎先生にかかったことがあって、手遅れになって死んだ患者とその家族を調べるように。とはいえ、これだけの人気医者だと一人一人の患者についての記録を調べるのは相当な時がかかる。だが方法はこれしかあるまい。よろしく頼むぞ」

金五の方を向いて命じた後、

「犯人について思うところがあったら話せ」

桂助を見た。

「椅子が神社裏手にあり、持ち去られた上、骸の手の縛めも口の手拭いも同様でした。犯人は神経質なまでに用意周到です。一人ではなく二人だった可能性もあります」

桂助は応えた。

金五は、

「大警視様のおっしゃる記録は見つけられると思いますが、医者ではありませんから、恨みを買うような治療をしたかどうかを読み解くなんてできません」

すっかり悲壮な表情になり、困惑してしまっていた。

「それならその記録を借りてきてください。わたしが読ませていただいて、手掛かりを探します」

と桂助が助け舟を出した。

金五はすぐに松永医院に行って、開業以来の患者の記録を木箱にまとめる作業をはじめた。

何日か過ぎたが金五からの記録はまだ届かず、長与専斎が虫歯の治療に訪れた。虫歯削りの後、桂助の方の施療が一段落するのを待って、応接間で向かい合うと、

「松永幸太郎先生のご不幸を知って驚いて大警視の川路様を訪ねました。新聞には怨恨と書いてありましたので気になったのです。松永先生は、開業している蘭方医では当代一の人気でしたので、恨まれる筋があったとしたらどのようなものかと。〝金儲《かねもう》け医者の末路だ〟、〝救われなかった患者たちの呪いの刃だ〟と書いている新聞もありました。実は川路様ともども我らは、人々がこの一件をどう受け止めているのか、治安や医療に対する信頼が損なわれることがあってはならない、と案じているのです」

「わかります」

桂助は短く応えた。

「川路様は桂助先生が骸検視をされて、自害ではなく怨恨による殺しだと見立てられたとおっしゃっていました。先生は骸検めなどというお役目にも就いておられるのですね」

専斎はやや渋い顔で念を押した。

「少しでも今の治安維持に貢献できればと思っています」

「こんなことを申し上げては失礼ですが、医術開業試験の試験官が骸検視を買って出られていると聞いて驚きました。ただ骸検視は必要な役目ではあります。桂助先生でなければ、間違いなく切腹と見做《みな》されていたことと思います」

「そうかもしれません」

桂助は浅く頷いた。

さらに専斎は、

「松永の祖父は下級とはいえ士分だったと聞いています。使われた刀は、代々松永家に伝わる名刀だったという報告を川路様は受けておられました。松永幸太郎がふと生きることに嫌気がさして、世をはかなんでお家の名刀を持ち出して腹を切ったと見做されていたかもしれません。以前は士分だった人たちには生きにくい世ですので、ありがちなことですから」

と続けた。

さすがの桂助も、

――恨みを受けて殺されるより、その方が政《まつりごと》にはかえって都合がよかったのかもしれない。少なくとも今の医療の在り方を問われることにはならないのだから――

察しはしたが口には出さなかった。

――そもそも成功者の松永先生が生きることに嫌気がさすとは思えない――

「やれやれ、人々によかれと日々尽力しているのに、その相手に尻ばかり叩《たた》かれる役人稼業はやりきれません」

文にあったのと似た愚痴を告げて専斎は帰って行った。


この夜、大八車を曳《ひ》いて〝いしゃ・は・くち〟に辿《たど》り着いた金五は、

「松永医院で患者の記録、松永幸太郎が開業して以来のほぼ二十年分を見つけ出して、まとめててやっと今、終わった。昨日からほとんど寝ていない。もう駄目、頭はくらくらしてるんだけど眠れそうにない。足元までよろよろしてきて気がついたらここに立ってた」

と出迎えた志保に言った。

「それ、お腹《なか》が空いてるからよ。桂助さんにこのことを伝えてきてから、クッキーとココアを用意するから少し待ってて」

志保はすぐに飲食できるものを盆に運んできて、

「この後おにぎりを作りますからね。こういう時はこれに限るの。沢山食べてね」

握り飯と味噌汁《みそしる》の支度に入った。

ようやく腹ごしらえが終わった後で、金五は桂助の書斎に幾つもの木箱を運び込んだ。

「ありがとう。ご苦労様です。これらはなるべく早くわたしが読み解きます。それより金五さん、松永幸太郎先生が殺された一件で何かわかったことはありますか？」

桂助は訊《き》いた。

「金ができればたいていの男がやることって知れてるだろ。松永幸太郎には女がいた。深川《ふかがわ》は辰巳《たつみ》芸者の市菊《いちぎく》とはかなり長く続いている仲だと聞いた。後は吉原《よしわら》へは花柳病の調べをしに行ってて、言うに及ばずの遊び放題だったって、その筋にくわしい先輩が教えてくれた」

「としてみると、殺すほどの恨みは女性からも受けていた可能性が出てきましたね。

これはすぐにその女たちに会わねばなりませんね――」

「そうなんだ」

「では早速、わたしはこれから夜を徹して届けていただいたものを読み解きます。川路様も首を長くしてお待ちでしょうから。金五さんは家に帰ってゆっくり休んでください」

桂助はふわふわとあくびをし始めた金五を帰した後、患者たちについて書かれた書類に目を通し始めた。夜の九時を過ぎた頃、珈琲《コーヒー》と桂助の好物の栗の入ったパウンドケーキを二人分運んできた志保は、

「少しお休みください」

自分もフォークを手にした。

ブランデーを加えて甘煮にした栗とケーキの独特な食感を楽しみながら、整理されている患者たちの書類を眺めた志保は、

「これ、亡くなって十年以上、生きておられたら八十歳、九十歳の方々のものは別に分けてるのですね」

「絶対とは言えませんが、高齢の方が亡くなって復讐《ふくしゅう》するほどの恨みをご家族が抱《いだ》いたとしても、実行するのはせいぜい十年以内ではないかと思うからです。ご家族も年

齢《し》をとりますと寿命が来てしまうからです」

「たしかにそうね。それではわたしがこれから分けるのを一手に引き受けますから、あなたは読み解くべき、ここ十年以内の患者さんの書類だけに集中してくださいな」

「それは有難い。よろしくお願いします」

志保の助力を得て桂助は、書類の束に目を通し始めた。

そして夜が白みはじめてほどなく、

「ああ、やっと一通り終わりました」

桂助は大きく伸びをした。

するとそこへ、

「先生、桂助先生」

寝ぼけ眼《まなこ》で青ざめた金五が訪れた。

「今、使いが来て大警視様が朝の八時までに桂助先生を警視庁に連れて来いってさ」

「おそらく、この患者たちの書類についての読み解きの結果をお知りになりたいのでしょう」

桂助は言い、

「そんなに案じなくて大丈夫ですよ。もう一度見直したくもありましたが、志保さんのおかげで仕事がはかどり、大筋はわかりましたから」

金五を安心させるかのように微笑んだ。

「よかった」

胸を撫《な》でおろした金五は、

「そうとわかったら――」

ぐうと腹の虫を鳴らした。

「わたしも徹夜だったせいか、今日の朝食作りは勘弁してほしい気分。栗のパウンドケーキをむしゃむしゃ食べたい気分よ」

志保が洩らすと、

「おや、志保さんもそうでしたか。わたしも実は同じなのですよ。もちろん珈琲は濃い目にお願いします」

桂助は志保を促した。

金五は腹の虫を鳴らしたまま、

「眠った後でも腹は減るんだよね。栗のパウンドケーキはおいらも大好きだし。あ、でも、おいらの分まであるわけないか」

遠慮気味に言うと、

「そんなこともあろうかと思って、栗のパウンドケーキ、三台焼いてあるのですよ。栗が生地に馴染《なじ》んで今頃が一番美味《おい》しいはずよ」

志保はクスッと笑った。

五

警視庁に着いたのは八時ちょうどであった。

「遅いな」

この日も泊まり込んでいたと思われる川路は、不機嫌な顔つきでいた。

「遅くなりました」

桂助はまず詫《わ》びた。

「それで松永幸太郎が診た患者たちの記録から何か手掛かりが摑めたのだろうな？」

川路はじろりと桂助を見据えた。

「今からご説明いたします」

「手短に頼むぞ」

そこで桂助は、読み解きから除外した古い患者たちの記録について話してから、

「ここ十年の患者については老いも若きも幼子も赤子もくまなく読みました。結論を申しますと投薬、施術とも失敗は見当たりません。諸外国でも盲腸に罹れば短い間に命を落とすと言われています。この盲腸については、〝散らし〟と呼ばれている投薬治療の他はありません。これについても、名医と称されておいでだっただけに、死亡例は僅かです。これといって恨みを買うような記録は見当たりませんでした」

「そうか――」

川路は失望を隠せない様子で、

「つい何日か前に、文部省医務局長の長与専斎様がこのたびのことを気にかけられて警視庁においでになった。暮らしに窮している多くの士分の反富裕層、ひいては反政府的な感情が庶民に飛び火することを案じておられた。患者の恨みでなければ、恵まれない境遇にいる士分たちの逆恨みとは考えられぬか。祖父が下級武士だった松永幸太郎がここまで成り上がって富を得ているのは、同じ士分であるだけに面白くなかろうが――」

別方向からの犯人探しを示した。

「しかし、暮らしに窮している元士分は府中でもはかりしれぬ数のはずです。その中からどんなやり方で犯人を絞り込むのでしょうか？」

金五は珍しく真正面から川路と対峙《たいじ》した。

「医者の中には、禄《ろく》は僅かだが士分に列せられてきた家系の者がいる。府中の医者でこれに匹敵する者たちを探して調べるのだ」

川路の言葉に、

「しかし、それならほとんどの医者が――」

士分ではないかと続けそうになった金五の言葉を、

「わかりました」

桂助は遮って応えた。

大警視室を辞した後、

「あんなこと請け負っちゃって大丈夫なのかな？」

金五は案じたが、

「わかりました、と申し上げただけですし、川路様は調べる方法まではご命じになりませんでした。東京府中の開業医についてはまとめ役を知っています。江戸の頃、典薬頭の下で働かれていた実務に秀でたお方です。ご高齢ですので今は悠々自適の隠居暮らしをされています。このお方に伺えば松永幸太郎先生が医者仲間たちから、どのように遇されていたかわかるはずですよ。任せてください」

珍しく桂助は自分の胸を叩いてみせた。

二人が向かったのは目黒《めぐろ》にある閑静な場所であった。苔《こけ》むした踏み石を踏んで鹿威《ししおど》しと池の鯉《こい》が跳ねる音を聞きながら、小さな隠居所の前に立つと、

「よく来てくれましたね。わたしが井太郎《いたろう》です」

白髪交じりの初老の男が腰を屈《かが》めて迎えてくれた。いわゆる金壺眼《かなつぼまなこ》で鰓《えら》が四角く張っているせいで顔が大きく見える。背丈は中背、がっしりした体格の持ち主であった。

二人は客間に通された。

「お父さんにはすっかりお世話になりました」

その言葉に金五が首を傾げると、

「善行には金が要るんですよ」

にこやかな顔で言ってのけて、

「一服召し上がって行ってください」

羊羹《ようかん》と一緒に点《た》てられた茶が振る舞われた。

「藤屋長右衛門《ふじやちょうえもん》さんは、倅《せがれ》さんが口中医で虫歯などに苦しむ人たちを助けているんだが、自分も何かしたいって言って、何かにつけていろいろ助けてくれたんですよ。わ

たしは元はいわしやっていう医者が使う道具を作って売る商いをしてました。でも、どんなに一生懸命いいものを作っても、それを注文できたり買えたりするのは儲かってる医者たちで、そうじゃない医者たちは買えないし、使えない。薬だってそうでしょ。そのツケは全部患者に回っちまう。この矛盾がどうにも解せなくなって、命がけで典薬頭《てんやくのかみ》様のとこに文を出したら、あろうことか、典薬頭様に呼ばれてお褒めに与《あずか》りましてね。蘭方、漢方の別なく、医者たちの命助けが少しでも円滑になって、患者さんのためになるようにってことで、まずは知り合いの藤屋さんに話してくれてまとまった金子《きんす》を寄付してもらいました。涙が出るほど有難かったです」

井太郎は桂助に頭を垂れたまま先を続けた。

「それがきっかけで、〝仁の道〟という集まりができ、医者の中から月々の儲けによって上位二十人を決め、儲けの額に応じて〝仁の道〟に寄付をする決まりになりました。集まった金から儲けなしか持ち出しで医療を続けている医者たちに、必要な薬や器械を贈るのが〝仁の道〟の目的です。医者としての良心からか、寄付を義務づけられた医者たちからの不満はありませんでした。寄付の金を集めるのと薬や器械を贈ることを任されたのがわたしです。御一新まで務めましたが、これといった問題は起きませんでした。そもそも問題を起こしかねない医者は〝仁の道〟に入りませんしね。

そうそう、それでも災害が起きたりして、とても足りない月は、藤屋さんが代わりに寄付してくれました」

そこで一旦、井太郎は言葉を切った。

「〝仁の道〟に松永幸太郎先生は入っていたのでしょうか？」

桂助は訊いた。ここが肝心なのだ。

「ええ、もちろん」

「今のような流行り医者でしたか？」

「いえ、お若い時は〝仁の道〟の寄付金に助けられていたことの方が多かったはずです。助ける側に廻《まわ》ったのは十五年ほど前からです」

「御一新後、その〝仁の道〟は続いているのでしょうか？」

金五が口を挟んだ。

すると井太郎は、

「〝仁の道〟はあくまで徳川様の頃のことです。今のわたしはただの隠居です」

顔を強張《こわば》らせた。

「わたしは続いていると思います。なぜなら〝仁の道〟は典薬頭様が始められたものとはいえ、井太郎さん、あなたと信頼できる方さえいれば続けられる善行だからです。

ご時世が変わっても、病だけは待ったなしですから止《や》めることなどできぬはずです」

桂助の指摘に、

「いやはや、敵《かな》いませんな」

井太郎は額と頸《くび》の冷や汗を拭って、

「おっしゃる通りです。〝仁の道〟は続いていて、今は倅《せがれ》が跡を継いでいます」

「そして松永幸太郎先生は寄付を拒んだりなさらない？」

「もちろんです。〝仁の道には世話になってきたのだから、こんな時こそ恩返しがしたい〟と言っていました。それなのにあんなことに――」

井太郎は俯《うつむ》いてしまい、二度と口を開かなかった。

目黒からの帰り道、

「まさか、この事実を大警視様に言うわけじゃないでしょ？　お上には内緒で〝仁の道〟、まだやってるって知れたら、井太郎さんや息子さんにも迷惑がかかるかもしれないし」

金五に訊かれた桂助は、

「ええ、もちろん」

悠揚迫らぬ様子で応えて、

「井太郎さんのことを報告しないで、この事件の確固たる手掛かりを摑めばいいのですから」

と告げた。

「どうやって？」

「松永幸太郎先生の周りは女御だらけだと教えてくれたのはあなたですよ」

「それじゃあ――」

「これからその女御たちの何人かと会ってみましょう。まずは深川の市菊さんから」


二人は、深川の市菊が身を寄せる置屋市乃屋《いちのや》へ向かった。先に入った桂助を応対した若い仕込み芸者は白粉《おしろい》を塗りかけていて、

「市菊姐《ねえ》さんですか。今忙しいんですけど」

と断りの言葉を口にしたが、金五の巡査姿を見ると、

「おかあさーん、大変」

女将《おかみ》を呼びに奥へと入った。

出てきた普段着さえも粋に着こなしている四十絡みの女将は、

「女将の菊江《きくえ》です。市菊はこのところ、あんなことがあったせいで部屋に籠って出て

こないんですよ。警察の方もお仕事でいらしているというのに、昼間から酒浸りで、あたしが身体を案じて止めておけと言うとおためごかしは言わないでと言って暴れるし、ほんとに困りもんですよ、ねえ」

やや媚《こ》びを含んだ声音で洩らした後、ため息をついてみせた。

「時間は取らせません。亡くなった松永幸太郎先生について少しお話を聞きたいだけです」

金五は怯《ひる》まずきっぱりと願い出た。

六

「それじゃ、ちょっと待っててくださいね」

女将は一度奥へと入ったものの、

「天邪鬼《あまのじゃく》な妓《こ》でね、巡査が来たと言ったら、会って話したいことがあるんだって言ってます。何を話すんだか——。まあ、会ってやってくださいな」

「それは有難い、是非」

こうして二人は市菊の部屋に招き入れられた。入ったとたん酒の熟柿《じゅくし》臭さが鼻をついた。畳の上に大徳利が置かれている。

「あら、いらっしゃい。待ってたんですよ」

市菊は横座りして湯呑《ゆの》みで酒を傾けている。年齢《とし》の頃は二十四、五で中年増《ちゅうどしま》ならではの盛りの艶《なま》めかしさがあった。ただし酒浸りのせいか、着物の裾ははだけ、結い髪もほつれていて無残な様子であった。

「巡査の旦那方ですってね」

市菊は二人を交互に見ているつもりのようだったが、虚《うつ》ろな酔眼を宙に向けているだけだった。

「俺は巡査の岸田金五、こちらは口中医の藤屋桂助先生だ」

「あたしは市菊。まあ、旦那方も一杯やりましょうよ」

市菊は手にしていた湯呑みの縁を指で拭うと金五に差し出した。

「お役目中は飲めないんだよ」

金五が応えると、

「何だ、つまんない。それじゃ、いいよ、もう話してなんてやんないから」

「わたしが代わっていただきましょう」

桂助は金五に差し出された湯呑みを受け取って、市菊の前に座った。金五はその桂助の隣に座った。

「話がわかるんだね、口中医の先生は」

「巡査ほど厳しい決まりはありませんから」

「それじゃ、早速一杯」

市菊は桂助の湯呑みになみなみとこぼれるほど酒を注《つ》いだ。

「いただきます」

普段あまり酒を飲まない桂助が一気に飲み干したので、金五は案じる目を向けた。

「市菊さんもお一つ」

桂助は湯呑みを相手に返すと、大徳利を取り上げて注ぎ返した。市菊はもちろんぐいと飲み干す。これが三回ほど続いた。

「さてと、そろそろお話を聞かせてください」

桂助は切り出した。

「松永先生があたしの旦那だったのは知ってるでしょ？」

市菊の言葉に金五が大きく頷いた。

「遊び人で知られてた松永先生が、あたしの旦那になりたいって言ってるっておかあさんから聞いたのは、一人前の芸者になってお座敷をつとめ始めて四年ぐらいの時よ。

迷わなかった。女はすぐにお婆《ばあ》さんになっちゃうっていうのに、あたしにはなかなかいい旦那の話がなかったから。人気医者でお大尽《だいじん》の先生を旦那に持ってからはとにかく自慢だし、遊び慣れてるから話も床も楽しいし、ねだればたいていの物は買ってくれて、気前までいいんだもの、言うことなしだった」

市菊の惚気話《のろけばなし》に、

「それでも先生には奥さんがいたよね」

金五が水を差して相手の様子を窺《うかが》った。

「御新造さんには子ども産ませて家を繋《つな》ぐためでしょ。それに先生、御新造さんは床《とこ》下手《べた》でうんざりだって言ってた。だから全然、御新造さんのことは気にならなかった。先行きのことをあれこれ考える女もいるんだろうけど、あたしはそもそも芸者なんだもの、御新造さんを羨ましくなんて思わなかった。ただただ先生との楽しい時に身も心も委ねていたのよ」

「だったらその先生があんなことになって、相当堪《こた》えたんだろうね。それでこんなに酒ばかり――」

さらに金五が追い打ちをかけたが、

「聞いた時はもうどうにも悲しくて悲しくてたまらなかった。自分の心と身体がばらばらになったって感じた。生きていられるのが不思議なほどだった。いっそ死んでしまいたいとも。でもそのうちに、先生を殺した犯人が斬首されるまでは死ねないって思った。そうしたらそいつが憎くて憎くてたまらなくなって、頭の中は先生が流した血でもうずっと真っ赤、お酒でも飲まなければ気がおかしくなりそうで――」

市菊はまるで障子の向こうに下手人がいるかのように、鋭い憎悪の目で廊下の方を見据えた。

「もしや、松永先生を殺した相手に心当たりがあるのではありませんか？」

桂助は口を挟んだ。

「あたしは芙蓉《ふよう》だと思うよ」

市菊は言い切った。

「松永先生は吉原だけではなく私娼《ししょう》にまで手を出していた？」

金五の言葉に、

「たしかに先生は吉原の遊女たちを診てて、遊女たちにまで人気でしたけど、芙蓉の名は源氏名じゃないし、そもそもその手の女じゃないんですよ」

「じゃあ、いったい何者なんだ？」

「あたしと同じ年頃だけど、十歳は老けて見える女よ。両国《りょうごく》の花火長屋に住んでる。

調べてもらった元岡っ引きの爺《じい》さんの話では、先生が何とかいうところに頼んで医院に来てもらって、治療の際、医者を助ける役目や付き添いをこなしていたんだとか。そんな芙蓉のところへ松永先生はずっと通ってたんですよ。あたしのいるここへ来るのと同じくらい、十日にあげず──。あたしね、先生が遊里でさんざん遊ぶのは全然、気にしてないんですよ。男の甲斐性《かいしょう》ですもんね。でも、よりによって、御新造さん以外の素人と深い仲になってるのは妬《や》けるし許せなかった」

「それで──」

殺したのではないかと金五が続けそうになったので、

「ところでその芙蓉さんは御武家の出ですか？」

桂助は続きを制した。

「あら、どうしてわかったんです？」

「以前診た芙蓉という名の患者さんの家が士分だったからです。あなたは、松永先生と親しい芙蓉さんが、どうして先生を殺したと思うのでしょうか？」

桂助は核心に触れた。

「このところ、先生があたしのところへ来る方が、あの女のところへ行くより数が増えてたから。あの女は誇りばかり高い武家女だったもんだから、身の程をわきまえず、御新造さんや子どものいる先生に所帯を持ちたいって迫って、もちろん断られたんだと思う。それで思い詰めて――あたしも女だからあの女の気持ちわからないでもないのよ」

　と応えた市菊は、

「元岡っ引きに見張らせていたというのにこんなことになって――。先生を死なせてしまったのはあたしも悪かったのかしら。でもやっぱり手にかけたに決まってるあの女、芙蓉が憎い。あたし、寂しいっ」

　と洩らして、手にしていた湯呑みを放り出しておいおいと泣き始めた。

　市菊のもとを辞した桂助は、

「この足で芙蓉さんのところへ行きましょう」

　金五を促した。

「でも先生、嘆き悲しんでる市菊はすっかり取り乱してて、誰かのせいにしなきゃ、気持ちがどうにもおさまんないから、恋敵の芙蓉のせいにしてるんじゃないかな。女にあんな殺し方できるなんておいら思えないよ。椅子だって予《あらかじ》め持って上がるのは大変だしさ」

　金五が首を傾げると、

「あのすり鉢型の神社の上に屋敷はありました。椅子があそこに置いてあったのだとしたら、女の人でも運べます。あるいは松永先生と親しい間柄で一緒にいたのなら、坂下からでも運んでこられたかもしれません。あそこはまだ紅葉が残っていました。椅子に座ってゆっくりと紅葉を観たい、とねだったのかもしれないのです。それが芙蓉さんではないと言いきれますか？」

桂助は応えた。

「たしかにね」

金五は合点して二人は両国の花火長屋へと向かった。着いたのは夕方近くですでに日は暮れていた。秋刀魚《さんま》の時季で食をそそる独特の匂いが残っていて、長屋の通路の七輪の上には焼き網ではなく薬缶がかけられていた。

「ごめんください」

訪《おとな》いを告げたが応《いら》えはなく、灯も点《とも》されていなかった。

「ごめんください」

さらに続けていると、聞きつけた長屋の住人たちが出てきた。

「そこの人なら留守だと思うよ」

「今時分、出かけるなんて珍しいけどね」

「たいていは一緒に秋刀魚を焼くんだけど、今日はいなかったんだから、やっぱり出かけたのさ」

「仕立てものを届けに行ったんだよ、きっと」

「その姿、見たのかい？」

「いいや、見ちゃあいねえよ。でも、そうでなきゃ、いつも訪ねて来る結構な形《なり》の金縁眼鏡旦那に誘われて、今頃、秋刀魚なんかじゃねえ、牛鍋なんて贅沢なもん、たらふく食った後、しっぽりやってるんじゃねえのか。旦那が羨ましいねえ」

住人たちの話をそこまで聞いた時、桂助と金五は頷き合い、

「入らせていただきます」

腰高障子が一気に引かれた。

七

「これは――」

「先生」

入った二人は愕然《がくぜん》とした。

土間の上に、芙蓉と思われる女が仰《あお》向《む》けに倒れていた。

桂助は急いで脈を調べたが、すでに止まっている。首には絞めた赤い痕があり、胸にも刺し傷が認められた。死に顔は苦悶《くもん》の表情である。生きている頃は整っているものの寂しげな顔立ちであったように思われる。確かに触れれば落ちんばかりの咲き誇った花のような、華やかな印象の市菊と同じ年頃とはとても思えなかった。

「胸を突いて殺そうとしたものの、命取りにはならなかったので絞めたんだよね」

金五が言った。

「裾が乱れてないのがせめてもだけど――」

とも言い添える。

「何も聞こえねえぞ」

「何だい？　何かあったのかい？」

表では、集まってきた住人たちの声がやかましく聞こえている。

「とにかくここを調べましょう」

「おいらは水瓶《みずがめ》や畳の下なんかをみるよ」

手分けして芙蓉の家を中を調べはじめた。

慣れた様子で水瓶をひっくり返して見たり、畳を上げて調べていた金五は、

「何も出て来ないよ。金満家医者は、しげしげ通ってた女の面倒をちゃんと見てたのかな」

首を傾げた。

桂助の方は板の間の隅に置かれていた柳行李《やなぎごうり》の中を確かめた。

「お金があります」

金五の方は畳んであった蒲団《ふとん》を開いて、松永光太郎の骸の傍にあった革鞄とよく似たものを見つけ出した。金はこの鞄の中にも入っていてずっしりと重かった。

「やはり、通ってきてる金満医者のせいで目を付けられて泥棒に入られたのかな。芙蓉に気づかれて助けを呼ばれそうになったんで殺すほかはなかった——」

金五の言葉に、

「泥棒が人を殺した例はどのくらいあるのですか？」

桂助は訊いた。

「結構増えてる」

「今の長屋でこのようなことが起きたことは？」

「今も昔も長屋には鍵がかかっていないけど、それでも長屋は皆の目があるから前はほとんど聞かなかった。でも今はこれも聞くようになった。金目のものだけじゃなしに、米なんかの飯の類いを狙うコソ泥が多い。殺しが増えてるのはそこそこの構えの一軒家、まあお大尽の部類だよ。寝静まった頃を見計らって盗みに入り、後で似顔絵なんかで手配が及んで逮捕されないようにと口封じも兼ねて殺し、ありったけの金品を奪っていく。そんなわけだから、正直、長屋で殺しが起きるわけないんだよね。だからこの犯人は、芙蓉と金満医者のことをよく知ってたんだろうと思う。となると犯人は長屋の人たちの中に？　長屋で泥棒に殺し、嫌だな、おいらこういうの――。自分も長屋住まいのせいかもしれないけど」

金五は肩を落としたが、

「でも、お役目だから骸を警視庁に運んだらここの人たち、一人ずつ取り調べなきゃなんない」

外に出て、居合わせた若者に屯所（警察署）への言伝《ことづて》を頼んだ。

それから桂助も外に出て一緒に芙蓉の家の前に陣取った。

「さあ、自分の家に帰った、帰った。そしていいというまで外へも働きにも出ないように。ここに住んでた芙蓉という名の女が骸になってて、後で皆さんにも話を聞くことになる」

金五が大声を上げると、

「そんなこと言われたって、働きに出なけりゃ、干上がっちまうぜ」

「育ち盛りの子だっているんだよ」

「昔と違って四民平等なんだろ。巡査面して威張るなよ」

と返ってくる不満の声と、

「ね、ちょっとだけでいいから、中、見せてくださいよ。どんな風に殺されてたか見たいのよね」

「芙蓉さん、殺されたの、通ってきてた旦那絡みかしら？」

「相当、お金貯め込んでたんじゃない？」

などと、不謹慎きわまる者たちが群がってきた。

これらに辟易《へきえき》しながら二人はとうとう、芙蓉の家の前に座り込んで、金五の仲間の巡査たちが駆けつけるのを待った。

やがて骸と金の入った革鞄や箱等が運ばれていき、

「大警視殿が至急お呼びとのことだ」

桂助と金五はこの経緯を告げに川路の元へと急ぐ羽目になった。

「わしは松永光太郎を妬んでいる医者仲間を調べろと言ったはずだぞ。それをなにゆえ、このような事件に関わることになったのか？　はっきり言え」

「それは風の便りです」

金五が答えると、

「ふん、噂か？」

川路は鼻で笑った。

――藤屋の父と関わりのあった元いわしやの主、井太郎さんから聞いた〝仁の道〟の話を、金五さんは黙っていてくれるつもりなのだろうが――、風の便りが理由では無理がある――

そこで桂助は、

「わたしが勝手に暴走してしまいました。松永先生には奥様の他に多数の女性たちとのつきあいがあったことは、大警視もお聞き及びのことでしょう。わたしはそれが気になって岸田君を強引に調べに誘いました。いくら女の数は男の甲斐性といっても、それぞれの女性たちの胸中は穏やかなはずがないからです。恨みの深さを感じさせる殺し方でもあり、非力な女性でも松永先生と知り合いであれば、殺す相手の力を使ってあのような殺害が可能かもしれないという説を岸田君に得心させたのです」

一気に話した。

「それで、松永殺しとは縁もゆかりもない強窃《ごうせつ》（強盗）に行き着いたというわけか？」

川路は皮肉な口調になった。

「遭遇したのは事実ですが、わたしは松永先生のことと芙蓉という名の元松永医院の使用人のことが、まったく別の事件だと断定するのは早計だと思っています。金が残されていたことをはじめ、盗まれているものが見当たらないのも泥棒説だと決めつけられない理由です」

桂助は抵抗した。

「まあ、あれだけの金が盗まれていないのは気にはなる。その理由は何故《なぜ》なのか？強窃でないのなら、松永殺しと松永の囲い者だったと思われる女の殺しとが、どこでどうつながっているのか、一刻も早く突き止めてほしいものだ。今の藤屋先生の物言いは江戸っ子の啖呵《たんか》と同じですな。ここまで啖呵を切ったのなら、もう後には退《ひ》けないでしょう。猶予は三日。この間に真の犯人を捕らえてみせてください。楽しみにしています。岸田も先生のお役に立つよう懸命に働くように、いいな」

川路は強い語気で二人に迫った。

大警視室を出た金五は、

「もともとおいらたちを目の敵にしながら使ってるって感じだったけど、さっきのは凄かったよ。今までで一番怒ってた。これはもうたしかに犯人捕まえないとどうにもなんないよ、先生」

長い首に掌を垂直に当てた。

「まだ話していませんが、実は警視庁に渡さなかったものがあるのです」

桂助は背広の胸ポケットからハンケチを出して開いた。

「何？　それ？」

金五は目を丸くして、

「赤い髪かな？　まっすぐじゃなく曲がってるし。いるかもしれないよね、こういう人、異人さんには」

見当をつけた。

「どうもそうではないようです」

桂助はやや重そうに沈んで見えた背広の左脇ポケットから、今度は小ぶりの裁ち鋏《たばさみ》を取り出した。鋏の間には先ほどの赤毛に色はそっくりなものの、もう少し幅広で小指の長さよりやや短めのものが挟まっている。

「さすがにこれは髪ではありませんよ」

「赤い紙に見える」

「わたしもそう思います。曲がり方は細い方に似てて、手触りもほら、こんな感じで」

桂助はその裁ち鋏を金五に渡して挟まっている赤い物に触れさせた。

「たしかにこれ紙だ、紙だよ。でも先生、これがどうだっていうのかな？　こんなもんがどう手掛かりになるのか、おいら、全然わかんない。それならまだこれ、大警視様に言ってないけど市菊が昨日の夜、抜け出して恋敵の芙蓉を一思いに殺しちまったっていう方があり得る。理由は松永先生殺しの復讐ではなしに、ただの嫉妬に狂ってだけど。酒浸りだったたっていうのも三日前からのことでしょ。あえてお座敷に出ないようにしてたんじゃない？　そして、酔いに任せてこっそり夜更けて花火長屋へ向かった――まさか、芙蓉がとっくに松永先生を殺しているとは露知らず――」

金五の言葉に、

「なるほど一理あります。実はその裁ち鋏は、骸になった芙蓉さんの片袖にありました。芙蓉さんは襲われた時これを手にして身を守ろうとしたものの、先手を打たれて胸を刺されてしまい、万事休すと倒れかけた時、咄嗟《とっさ》に片袖に隠したではないかと思われます。そしてその行いには意味があるのではないかと」

桂助は反論したものの、

「だったら芙蓉が犯人だと言い遺《のこ》したかったのは市菊でしょ。芙蓉にとっても市菊は恋敵だったんだもん」

たちまち言い負かされそうになった。

八

「今、あなたの言ったことは、芙蓉さんが長屋の人たちの目を盗んで別宅の神社まで行き、落ち合った松永先生を殺して、皆が寝静まった頃、花火長屋で待ち伏せしていた市菊さんに押し入られ、強窃を装って殺されたという主張ですね。これの一番大きな矛盾は強窃に見せかけるためには、金品を盗んでおくか、家の中を荒らしておく必要があるのでは？　あともう一つ考えられるのは、嫉妬に狂ったのは市菊さんの方で、芙蓉さんだけではなく、愛しさ余って憎さ百倍、松永先生をも手に掛けたかもしれないということなのです。これは可能性としてはあり得ます。ですがその場合は芙蓉さんの方を先に殺す気がしませんか」

桂助のこの言葉に、

「たしかに邪魔な奴さえ殺してしまえば、もう自分のものだっていう考えはしてもおかしくないよね」

　金五は確信を持てなくなった。

「わたしは松永先生と芙蓉さんの二人を殺したのは別の人物で、芙蓉さんの近くにいるような気がしてなりません」

　そう呟《つぶや》いた桂助は、胸ポケットと左脇ポケットを押さえた。

「わかったよ。おいらは皆目わかんないけど、先生の見つけた赤い糸みたいな紙や裁ち鋏は手掛かりだって信じるよ。先生の言うことなら間違いないもん。分からず屋の川路にどうこう言われても、おいらは絶対信じる」

　金五は大きく頷いた。

「ありがとう。では、今日はもうこんな時間なので明日、芙蓉さんが身を預けていたという、医者の手伝いや患者の付き添いを看板に掲げている処《ところ》へ行ってみましょう」

　桂助は続けた。

「それならお助け屋のことだと思う。芙蓉がどこのお助け屋にいたかは調べればすぐわかる。おいらこれからそっちの知り合いに掛け合うよ」

　こうして、二人はその夜は別れた。

夜明け近くのことであった。

「あなた、あなた」

桂助は志保に起こされた。

「鋼さんが来ているの、急いでいるみたい」

「こんな時間に鋼さんが――」

起き出した桂助は玄関にすぐに向かった。

「すまない。桂さん」

鋼次はまず詫びを言って、

「千年堂の旦那が急に痛んで苦しみ出したんだって、千里さんから今報せが届いたんだよ」

「どこが痛んで苦しまれているのですか？」

「何でも胃の腑《ふ》だって」

「それでは本道、いや漢方か蘭方の先生に診てもらうのがいいかと」

「それが近所に掛かりつけの医者はいないんだそうだ。本人がどうしても嫌だって――」

「鋼さんに伝えてきたということは、これはわたしへの往診依頼ですか？」

「そうだと思う」

「しかし、わたしは口中医で胃の腑などの腹部は専門外です」

「そうは言ってもあの旦那は頑固者だし、すっかり桂さんを気に入ってるんだって。桂さん、常日頃から医者と患者はまずは人として、互いに信じ合うことが大事だって言ってたじゃないか」

鋼次は理に適《かな》ったことを言い、

「そうでしたね。わかりました。まいりましょう。ただし少しの間、応接間で待っていてください。胃の腑の痛みに苦しまれるのはお気の毒なので、今から鎮痛薬を処方して持参しますから」

処方室に入った。ここには重度の虫歯や困難な抜歯に用いられている、麻酔薬のエーテルやクロロフォルムも常備されている。

内臓を含む全身のあらゆる箇所の痛みに速効するのは、いわゆる阿片《アヘン》の類いであったが、習慣性とそれに伴う脳障害が懸念されるので、桂助は一切用いていない。厳しい規制がまだないので不純物の混入も気がかりであった。

代わりに、猛毒のトリカブトの根から採る生薬附子《ぶし》は置いてある。万病の因である歯の病で訪れて、他の病が見つかることが少なくなかったからである。たとえば肩凝りや関節痛、筋肉痛と歯茎の痛みや知覚過敏はつながっていて、こうした場合には附子を主薬として芍薬《しゃくやく》等を加える甘草附子湯《かんぞうぶしとう》を用いる。

冬季に歯痛がふえるのは冷えのせいで、歯痛とともに便秘を訴える患者には、大黄《だいおう》附子湯《ぶしとう》、桂枝附子湯《けいしぶしとう》を患者の体質に応じて出している。

鼻に炎症があって胃の腑の痛みを伴うという千年堂の主の場合、胃炎、鼻炎の両方に効き目のある四逆湯《しぎゃくとう》か、痛みを緩和させつつ内臓に働きかける真武湯《しんぶとう》、どちらも附子が主薬であったが――どちらを処方したものか、桂助は一瞬迷った。

真武湯にしたのは、

――もしや、千年堂さんの胃の腑の痛みは――、全身が弱り切っているように見えたのが気になったし、脈を取る時しかお身体に触れさせてもらえなかった。全身が治療というものを拒んでいるかのように見えた――

痛みの出てきた癌《がん》ではないかと疑ったからであった。四逆湯は比較的体力のある向きに効き目がある。ちなみに真武湯は余分な水分を取り除き胃腸機能の衰えを回復させる茯苓《ぶくりょう》と蒼朮《そうじゅつ》、痛み緩和の芍薬、健胃には欠かせない生姜《しょうが》等が主薬の附子とともに処方されている。

――といって腹部を診たわけではないから真のところはわからない。わたしの勝手な憶測であってくれればいいが――

そう念じつつ、念のためにと真武湯、四逆湯の両方を往診鞄に入れて桂助は待たせていた鋼次と共に千年堂へと急いだ。

「よく来てくださいました」

お連が出迎えた。

「どうぞ」

悠久の病室に向かう。

寝台の近くの椅子には千里が座って付き添っていた。

「父をお願いします」

千里は立ち上がって礼をした。

悠久は、これ以上はないと思われる苦悶の表情で懸命に痛みに耐えている。

「おとっつぁん、桂助先生なら診ていただいていいわね」

千里の言葉に悠久は目で頷いた。

「それでは失礼して診させていただきます」

桂助は脈を取っただけではなく、相手の浴衣《ゆかた》の紐を緩めて胸の音を聞き、腹部を注意深く触診した。

　すると悠久は自分の腹部に触れている桂助の手を握って、

「先生は前からこいつをご存じだったんじゃありませんか」

　腹部の大きなしこりを手でぐりぐりと押し、うううっと呻いた。

「どうにもこいつには勝てなくて」

　無念そうに呟いて、またうううっ、うううっという痛みに耐えかねた苦悶の呻きを上げた。

「今、痛みを和らげる薬を煎じて飲んでいただきます」

　桂助は用意してきた薬缶を使って真武湯を手早く煎じた。

「これは附子を主とする漢方薬なので、蘭方の痛み止めほどすぐには効きません。とにかく眠れないと身体が弱りますので、〝いしゃ・は・くち〟で虫歯で不眠が続いている患者さんにさしあげている、安心な眠り薬も一緒に飲まれてください」

　こうして悠久はしばしの眠りに就いた。

「先生、ちよっと」

　お連の姿はいつの間にかなく、千里に目配せされ、

「いいよ、ここは俺が診てるから」

鋼次が付き添いを引き受けてくれたので、桂助は廊下に出た。

「父の具合はいかがでしょうか？」

「胃の腑の進んだ癌だと思います」

「そうでしょうね」

千里はハンカチーフを溢《あふ》れ出た涙に当てた。

「それでなきゃ、あんなこと、突然、あたしに言い出したりしませんもの――」

「あんなこととは？」

「父の痛みがこれほど酷くなったのは昨夜《ゆうべ》のことでした。それまでは先生からのお薬が効いていて、〝鼻の通りがよくなって眠れる〟と喜んでいたんです。ところが昨日の午後、突然わたしを呼んで〝お連を後添えにするのは止めた。俺は今まで娘のおまえをないがしろにして間違っていた、おまえに詫びを言わなければならん〟と話した後、急に痛みが押し寄せてきたようでした。それからはご覧になったような苦しみようで、夜中で気が引けたのですが、鋼次さんに先生の往診をお願いしたんです。父は先生に診ていただいて以来、ずっと〝媚びず、偉ぶらず、才に溺れぬよい医者だ。医者に蘭方だの漢方だのの別はない〟と先生を褒めていましたので」

「これはまた、穴があったら入りたいような褒め言葉をいただき恐縮です」

桂助は病室の扉に向けて頭を下げた。

「父がお連さん、いいえ、奉公人にすぎないお連を、後添えにしないと決めた理由《わけ》をお話ししてよろしいでしょうか？」

千里の言葉に、

「お話しいただけるのであれば――」

桂助は当惑気味に応えた。

「父がお連に夫婦の約束の証にとダイヤモンドの指輪を贈っていたのは、この間お見えになっていた時、ご覧になられましたでしょう？」

「そのようでしたね」

「父の部屋の窓からは裏庭が見渡せます。今時分は曼珠沙華《まんじゅしゃげ》が真っ赤な花をつけはじめていて、まるで群生しているかのように咲き乱れているのです。この花が大好きな父は先生のおかげで身体の具合が良くなっていたこともあって、寝台から下りて窓辺で曼珠沙華を見ていたとのことでした。するとそこに、お連が常は見せない濃い化粧で現れて、人を待っているかのようだったそうです。うちの屋敷の表門に続く垣根から入ってきたのは学生服姿の若い男で、二人は抱き合った後、笑顔のお連が嵌めていたダイヤモンドの指輪を相手に渡してしまったんです。そして、お連は何事もなかったかのように家の中へ入り、お宝を受け取った若い男は元来た茂みを抜けて出て行きました。その一部始終を見てしまった父の具合は、それから急に悪くなりました」
「お連さんはお父様に見られたことをご存じないのですね」
「ええ、まだ。もうお連などに報せる必要はないと父はわたしに言いました。そして〝藤屋桂助先生をお呼びしてくれ、身体の痛みも耐えがたいが、先のもう長くない身で、誤った判断のままにことが進むのはもっと耐えがたい心の痛みだ。お連には一切わしの遺したものに手をつけられぬよう、あの先生に立会人になってもらうほかはない〟と申したのです」

九

そこで千里は手にしている折り畳んだ紙を桂助に渡した。そこには以下のような文字が並んでいた。

千年堂五代目悠久は、〝いしゃ・は・くち〟医者、藤屋桂助先生の立ち会いのもと、中村連との婚約を破談とし、娘千里に千年堂六代目を譲り、身代の全ても譲るものとする。

「硯《すずり》と筆を用意しておりますので、父が目を覚ましたら、父の名の隣にお名をお願いします」

五代目千年堂悠久

「わかりました」

桂助は頷いた。

「お父様の隣の部屋からも彼岸花は見られますか？」

桂助は何気なく尋ねた。

「あら、曼珠沙華、彼岸花と言った方が名が知れていましたね」

「秋の彼岸の頃に咲くから彼岸花、またの名が曼珠沙華なので、どちらをおっしゃってもよろしいのですが——。庭に植えられるのは珍しいですね。残念ながらうちには植えていないのです」

〝いしゃ・は・くち〟の薬草園では、球根に強い毒性がある彼岸花を植えていない。

「お医者様のところには不向きな花ですものね。彼岸花の別称は曼珠沙華の他に、葬式花、墓花、死人花《しびとばな》、地獄花、幽霊花、蛇花、剃刀花《かみそりばな》——どれも不吉です。でもうちでは皆、この真っ赤に大きく咲いて花弁が風に揺れる様子が大好きなのです」

「わたしも是非間近に見たいものです」

桂助は、

「彼岸花ほど寂しくなる秋口を華やかに彩ってくれる花はないのに、庭で眺められないのは残念でならないわ。花や茎には毒などないのに——でも、まあ、患者さんは好いてはくれないでしょうから、仕方がないのだけれど——」

と志保が今頃になると呟いていたことを思い出していた。

——庭の中に彼岸花の群生を見たといったら、さぞかし志保は驚くことだろう——

「それでしたら、父が目覚める前にご案内いたしましょうか」

千里は先に立って二階の階段を下りた。

「こちらです」

千里は悠久の病室が見上げられる場所へと桂助を誘った。

「見事なものですね」

桂助は彼岸花に見惚《みと》れた。花茎の先に咲く、強く反り返った鮮やかな赤い花がいっせいに風に揺れている。赤い風が吹き荒れているかのようにも見えた。

「この花には桜と同じで花の時に葉がないんです。毎年咲くというのに、秋の終わりに葉が伸びて翌年の夏の初めに枯れてしまい、このような真っ赤な花をつけるんですよ。これも桜と同じですね。でも桜はおめでたくて彼岸花は凶、球根に毒があるからでしょうが、不公平な気がします」

千里は洩らし、

「この国では諸外国と違って花でも強い色ではなく、桜のような淡い色の美しさが愛でられてきました。花ではない鯛《たい》とて好まれるのは桜鯛でした。なので、おそらくこれほど美しいにもかかわらず、彼岸花が忌み嫌われるのは、強い赤い色と持ち合わせている毒とが結びついた印象ゆえなのでしょう。毒性があるといっても、全草が猛毒であるトリカブトなどとは違って、救荒時《きゅうこうじ》は球根を毒抜きして食されてきたのですから。たしかに不公平に耐えてきた花かもしれませんね」

桂助は志保からの受け売りを口にすると、

「それではこの彼岸花畑を一回りしてみましょうか」

やはりまた千里は先に立って歩き始めた。

「彼岸花の花姿は花弁を自在に広げて奔放に咲く、人気の江戸菊に似ていますでしょう？」

時折、千里は立ち止まって彼岸花の美しさを讃《たた》えた。

「こんなに華やかで繊細な花、他にありません。英語ではレッドスパイダーリリーともいうそうです」

などとも教えてくれる。

「赤蜘蛛百合《あかぐもゆり》ですか。英名まではおくわしいですね」

これも志保の受け売りで桂助は知っていた。

「よほどここの皆さんは彼岸花がお好きなのですね」

「万葉集に入っている柿本人麻呂《かきのもとのひとまろ》の〝壱師《いちし》の花〟をご存じですか？」

千里は呟くように言った。

「これをうちの家族が好きなのは、壱師というのが彼岸花だとされているからです」

「〝壱師の花〟、どんな歌なのですか？」

桂助は興味が惹《ひ》かれた。

「〝路《みち》の辺《へ》の壱師の花のいちしろく人皆知りぬ我《あ》が恋妻《こひづま》を〟とあります。道に咲く壱師、彼岸花はいちしろく、すぐ目につく美しさなので、わたしの恋しい妻のこともとうとう世に知られてしまった。恥ずかしいようなうれしいような気がして困ってしまったという歌です。わたし流に解釈すると、真紅に燃えるように咲き、その上、火花を散らしたかのように花弁を広げる彼岸花、この花に燃えるような恋心を重ねて激しく思い続けてきたので、とうとう世の人にわかってしまったのは喜んでいいのか、やはり困るのかというようなところです」

「自慢の相手なのに世間にわかってなにゆえ困るのですか？　うれしくも困るというのは、恋は人知れずに秘めやかであるべきだ、という昔の人たちの考えゆえでしょうか？」

桂助がやや首を傾げると、

「それも多少はあるでしょう。ですけど困る理由は、人の口に自分たちの名が上るとその言葉に霊の力が付いてしまい、自分たちの恋の魂が他人に移ってしまい、やがて、この恋は破綻すると思い詰めていたのではないかとわたしは思います。美しい花であるだけに、独り占めを妬んで、恋敵が現れて手折《たお》ってしまうことも考えられますでしょう。恋は慎重の上にも慎重にという教訓であるのかも——。あるいは彼岸花の球根が毒抜きされて食されるのは手折られることとなのかも。ともあれ、恋の成就って何って難儀なんでしょう」

千里は笑みを見せて、

「いやはや造詣が深いですね」

桂助は感心した。

そこへ、

「ここにおられたのですか。旦那様がお目覚めになられたと、鋼次さんからお報せいただきました。甘酒など皆様でいかがでしょうか」

お連が走って伝えにきた。

「あなたの甘酒は要りません」

千里は鋭い嫌悪の目をお連に向けた。

「もうすぐ、木村屋のあんパンが届くはずですから、あれは今年になって売り出されてからというもの、開化パンということでたいした人気です。おとっつぁんもあれならきっと食べてくれます」

と言って、

「さあ、先生、父のところへまいりましょう。お連、あなたは来ないでください」

桂助を促した。

そうして悠久の部屋に戻ると、

「すみません、鋼次さん、少しの間席を外してくださいな。庭でも散歩なさってらしたら?」

千里は鋼次を体よく追い払った。桂助は目を覚まし、痛みもしばらくは和らいでいる悠久の前で立会人の署名をした。その後しばらく木村屋のあんパンを、千里が淹《い》れてきてくれた緑茶で楽しみつつ三人で歓談した。

「これからは骨董屋も大変ですよ。西洋から入ってくるものは何でも馬鹿高いというのに、日本の骨董品が二束三文に叩かれるとは辛《つら》い御時世です」

悠久は話した。

「漢方とはいえ強い薬なので、くれぐれも煎じる量には注意してください」

と言い置いて、桂助は庭で待っていた鋼次と共に千年堂の屋敷を辞した。

桂助が立会人に指名されて引き受けざるを得なかった事情を説明すると、鋼次は、

「きっとたいした西洋のお宝がここじゃない、横浜あたりに買った倉庫にでも積まれてるんだろうね」

と言って先を続けた。

「うっかり閉め忘れてたんだろうと思うけど、蔵の扉が開いてた。きらびやかな椅子や机、戸棚、マリアとかっていう女の絵とか、大理石の像なんかの西洋お宝、俺なんか、一生拝めないもんがあるんだろうから、拝めるもんなら、今のうちに拝んどこうっていう気になって中に入ってみた。ところが中はがらーん、何一つなかったよ。そ

れでその手のものはみんな、横浜にでも買ってある倉庫にあるんだろうと思ったんだ」

これを聞いた桂助は、

「箱入りの茶道具や掛け軸、仏像等はなかったのですか？」

首を傾げた。

「なかったよ、長持、火鉢一つ」

「老舗の千年堂さんは大名家や大身の旗本家と長く商いしておられたので、ここでがらりと西洋骨董だけに特化するとは考えられないのですが――」

「そのことなら、蔵から出たところで会ったお連さんにさんざん愚痴られたよ。今まであった茶道具とか仏像なんかは、多量に西洋骨董を買い付けるために千里さんが売り払っちゃったんだって。お連さんは〝千年堂は日本古来の骨董あってこそなのに、旦那様もそれを望まれてるっていうのに、いきなり西洋骨董だけの商いにするのは千里様は酷すぎる〟って、まあ、それも一理はあるが、今の御時世一利もないのかも。後はまたしても、親不孝娘だの何だのっていう、千里さんの悪口がだーっと続いてうんざりした」

鋼次は、ふうと辟易のため息をついた。

十

「曼珠沙華は美しい花ですし花に毒はありませんので、奥様方に喜ばれることと思います」

そう言って千里が渡してくれた彼岸花の切り花を、桂助は家に帰って志保に渡した。

「あら、彼岸花。毎年今頃になると気になって仕様がなかったんですよ、だからうれしい」

大喜びした志保に、

「この花を曼珠沙華と称する人の心が知りたいのですが――」

桂助は聞きたくなった。

「曼珠沙華は梵語《ぼん》(サンスクリット語)で〝赤い花〟、〝葉に先立って赤い花を咲かせる〟という意味の他に、法華経を説く釈迦《しゃか》を祝して天が降らせた天上の花が曼珠沙華だったとされているんです。これだと死やお墓や幽霊と結びつきやすい彼岸花とは縁もゆかりもないでしょ。わたしもどちらかといえばこちらの呼び名の方が好きです。ああ、でも、万葉集の柿本人麻呂の壱師の歌は、恋の歌に曼珠沙華が絡められてるのだけれども、少し悲しい」

「少し悲しい？」

「これはわたしの想いにすぎないのだけれど、曼珠沙華のように目立って美しかった妻に、逝かれてしまった悲しみを歌ったのが壱師の歌ではないかと思うのよ」

「なるほど」

桂助は壱師の歌についての千里の話を思い出していた。

――あれはもしかして――

翌朝、桂助は志保が仕事や家事の合間を縫って、裁ち鋏を赤い紙に使っている姿を見た。裁ち鋏が切り出しているのは幅に多少の差はあるとはいえ、赤く細い紐のようなものである。

――これは――

桂助は咄嗟に胸ポケットのハンカチーフを取り出して広げた。

「おや、あなたまですっかり彼岸花の虜《とりこ》になって造花作りをするのですか？」

志保が気がついて微笑んだ。

「造花作り？」

「ええ、このところ造花作りのお習いがちょっと人気なのですよ。日本の花に加えてバラや、コスモス、チューリップとかの可愛《かわい》い西洋花が入ってきてるでしょ。日本の造花作りの技は、江戸の頃に本が出てるくらい広く伝授されてきたこともあって、新しく入ってきた西洋花を含めての造花作りの会が開かれてるんです。わたしは何とか、本を参考にして作っていますけれど――」

「そして、それが彼岸花ですね」

「ええ、そう。本物の彼岸花はいただいてうれしかったけれど、いずれ枯れてしまいます。それで冬になっても華やかな花姿を見ていたくなって、持っていた本を引っ張り出したところでした」

「彼岸花はそのように細い紐を組み合わせて造るのですね」

「もちろん、この細い赤い紐が造花の花弁になるのですから」

「よくわかりました。ありがとう」

桂助は礼を言った後、

「急用を思い出しました。これからすぐ出ます、今日は休診にしてください」

と言い置いて、急ぎ身支度を済ませると金五の住む長屋へと向かった。

「あ、先生」

寝ぼけ眼で蒲団から起き上がった金五に、

「今すぐ、芙蓉さんがいたという〝お助け屋〟へわたしを連れて行ってください。どうしても早急に確かめなければならないことがあるのです」

桂助は告げた。

「わ、わかりました」

金五は長すぎる手足を何とか巡査の制服に収めると、

「案内します」

お助け屋へと向かった。

お助け屋の女主は五十絡みの腰の低い老女であった。萎《しな》びた胡瓜《きゅうり》のように皺《しわ》が多い。ちらと金五の巡査の制服を見てびくりと背中を震わせ、

「わたくしどもの稼業は物の売り買いではなく、他人様《ひとさま》からおあしをいただくのは、病人の世話等でお困りの方々をお助けするからでございます」

と口上を述べてから、

「ご用の向きは何でございましょうか？」

おずおずと尋ねてきた。

そこで金五は、

「ここで仕事をもらっていた芙蓉という女のことについて知りたい」

と迫った。

「はて芙蓉さんねえ」

老女が首を傾げると、

「殺されたのは知ってますよ」

奥からよく似た狐顔の中年女が出てきて、

「お祖母《ばあ》ちゃん、もういいから」

老女の前に立つと、

「この御時世、泣く子と大警視川路利良、手下の巡査には勝てないって決まってるんだからさ。下手を打つと牢屋《ろうや》入りになるから、さあ奥入ってて。お助け屋の山田《やまだ》澄《すみ》です。芙蓉さんが殺されたのは新聞で読んで知ってます。知っていることは話しますから、いいですよ、何でも訊いてくださいな」

つっけんどんに言い放った。

「それではお願いします」

桂助は金五を促した。

こほんと一つ咳《せき》をした金五は、

「芙蓉はここでずっと仕事もらっていたのか？」

威厳を作って切り出した。

「うちへ来たのは五年前ぐらいでね。愛想がなくて無口だったけど、病人の世話にかけては痒《かゆ》いところに手が届くほど熱心だったから、引く手あまただった。当たり前のことだけど、引きの中から一番払いのいいとこへ行ってもらったよ。本人も喜んでた。それが松永光太郎先生のところ。あの先生も死んだんだってね。囲われたんだって？まあ、女好きには物好きもいるもんだ。芙蓉ときたら器量はそこそこだけど色気もへったくれもあったもんじゃないからね。でも、その先生は芙蓉を相手に病人ごっこでもして楽しんでたのかもしれない。偉いお医者さんのことは、下々のあたしたちにはわかりませんよ」

あけすけではあったが澄の饒舌《じょうぜつ》は有難かった。

「芙蓉は松永先生の囲い者になってここを辞めたのか？」

「こっちは仕事の世話をしてやってたっていうのに、ある日を境にすーっと来なくなってそのまんまだったよ。つい、この前、向こうから図々《ずうずう》しく訪ねてくるまでは。身形《みなり》は昔と変わらなかったけど、手作りしたっていう造花の椿《つばき》と、豪勢にも酒屋に運ばせた酒樽《さかだる》なんかを手土産《てみやげ》にしてて、仕立てもので暮らしを立ててるっていうのは表向きで、実は暮らしぶりはそう悪くないんだってぴんと来た。あたしが女だてらに飲み助だったこと、覚えてはいたんだね」

「芙蓉さんの訪問は何のためだったのですか？」

桂助は訊かずにはいられなかった。

「ようはずっとうちで働いてたことにしてほしいって。お酒に目のないあたしはまあ、そんなことはお安いご用だって応えて、その晩は二人で楽しく飲んだ」

「どんな話を？」

「酒飲みにそん時の話を聞くのは野暮だよ。覚えちゃいない。一つ覚えてるのは、芙蓉の作った椿があんまり綺麗《きれい》だったから褒めたら、その手の習いに行けば誰でも作れるって応えたことと、ここへ来る前に住み込んでた大きなお屋敷のお嬢さんと造花作りの会で偶然また会った話をしてた。〝縁は異なものね、どんな幸運を運んでくるかわからない〟って言ってたよ」

「その後は？」

「今度は道でばったり会っても知らん顔。どうせあたしもここも縁は縁でも、幸運を運ばないからだろうね。腹は立ったけど前からそんな女だったと思ってたら、殺されたって知って少しは気の毒になった。いくら情に薄くて自分のことばかり考えてる女でも、殺されるほど酷いってわけじゃないもんね」

お澄は自分に言い聞かせるように言って、目の縁に人差し指を当てた。

「そのお屋敷の名は？」

桂助は半ば諦めつつも訊いた。

「酔っ払いが何でも忘れてるとは限らないんだよ。でも、芙蓉が言ってたお屋敷の名はなぜか、覚えてる。一度は骨董好きなお祖母ちゃんと一緒に行ってみたいと思ってた、高嶺《たかね》の花の千年堂さんだったから」

お澄が応えると、

「先生」

「金五さん」

顔を見合わせた二人は礼を言って〝お助け屋〟を出ると、まっしぐらに千年堂へと全速力で走った。

「さすが速いですね、金五さんは」

金五は俊足で知られている。

「先生だって、俺に負けてないよ」

桂助は金五にぴったりとついて走っていた。

「間に合うといいのですが」

桂助の言葉を受けて、

「彼岸花を死人花にしないでくれよな」

金五は鼻声になった。

こうして二人は千年堂の屋敷に辿り着いた。大声で訪いを告げても誰も出て来ない。門は開いている。門を入って玄関まで走った。玄関の扉も開いた。

「千里さん」

「お連さん」

名を呼びながら一階を探したが見当たらない。二階へと駆け上がっていた金五が階段から下りてきて、

「先生――たぶん、もう――」

がっくりと頭を垂れた。

桂助は飛ぶように二階へと急いで、悠久の病室の扉を開けた。悠久も寝台の両脇でもたれている女二人も眠っているかのようだったが、桂助が脈を診るとすでに三人とも事切れていた。

「そんな――」

思わず桂助は呟いた。

寝台の上掛けの上に手紙が二通置かれている。どちらも桂助宛てで、一通は悠久からのもの、もう一通は千里の名が記されている。

悠久からは以下のようにあった。


まずは詫びなければなりません。あなたを立会人にした書き置きは偽りです。なぜならわたしにはもう遺すべき財などありはしないからです。この屋敷もいずれ借金を返すために売らねばなりません。お連のわたしへの不実も同様に偽りです。お連とわたしには男女のつながりはありません。長きに亘ってこの家のために尽してくれた御礼にと、わたしの最後の宝であるダイヤモンドを贈りました。お連はそれを、自分の遠縁の苦学生の学費の足しにしていいかと聞き、わたしはいいと応えました。ただそれだけのことです。ついては、娘の千里にも偽りに次ぐ偽りを話したことになります。娘にも詫びなければなりません。

またあなたに往診を頼んだのは、わたしの計画の邪魔をさせないためです。鋼次さんからあなたが歯抜きの腕に優れているだけではなく、今は警視庁の骸検視顧問で昔から並々ならぬ捕り物に秀でた才があると聞きました。これほどの御仁ならわたしの復讐に気づいてしまうのではないかと恐れたのです。わたしはあくまで自分の命が尽きる時まで、この復讐計画を誰にも知られずに終わらせたかったのです。
金儲けに目がくらんだ奸医松永光太郎と、それを助けていた芙蓉を手に掛けたのはわたしです。間違いありません。

千年堂悠久

藤屋桂助先生

千里からの文には次のように書かれていた。

父は一人罪を背負って死ぬと言っていますが、わたしもお連さんも一人では死なせられないと覚悟を決めていました。三人で死にます。
父の復讐心はわたしたちのものでもあるからです。三年前のことです。千年堂の奉公人の一人が死にました。中村俊太郎《なかむらしゅんたろう》という名で二十五歳、お連さんの息子さんで、わたしの婚約者でした。最初に会ったとき、わたしの方から恋に落ちました。お連さん似の眉目秀麗さに心を奪われたのです。そして俊太郎さんはそんなわたしの婿、千年堂の婿にふさわしい仕事ぶりで父を喜ばせました。俊太郎さんの方でも控えめながらわたしのことを――。

　結ばれる日は間近でした。それなのに俊太郎さんは人力車に撥《は》ね飛ばされて頭を石でしたたかに打つという事故に遭い、この手の処置で名を馳《は》せている松永医院に運ばれたものの、医師の光太郎は不在で十分な処置をしてもらえず亡くなってしまいました。それが、俊太郎さんの手腕に千年堂の今後を託していた父を含むわたしたちにとって、どれだけ深い嘆きだったか――もはや言葉では言い尽くせません。父は投資の失敗で財産の多くを失くしていた上、不治の病を得ていたこともあって、いっそ三人で俊太郎さんの後を追おうという話さえありました。

　それならば、せめて俊太郎さんの仇《かたき》を討ってからにしてはどうかとわたしが提案しました。どこにぶつけていいかわからない悔しさを抱いたまま死ぬのは嫌だと。ですので桂助先生をこの事件に関わらせないようにするために、わたしとお連さんが徹底的に不仲だと思わせる策はわたしが練りました。でも、やはり先生はわたしが彼岸花を曼珠沙華と呼ぶことに不審を向けられて――。

　わたしは俊太郎さんを撥ねた人力車の車夫に会いました。車夫は、乗せていたのは他でもない松永光太郎であったこと、行き先は待合で〝速く、速く〟と松永に怒鳴りつけられて、夢中で走っていて事故を起こしてしまったことをわたしに話してくれました。車夫はわたしが雇い主の車屋に乗り込んで行くようなことになれば、一家揃って首を括《くく》る羽目になるとも言いました。たしかに子どもたちはお腹を空かせて泣いていましたし、貧しい暮らしぶりが見てとれました。この同情とは別に、車夫の言うことが真実かどうかを何としてでも確かめなければと思いました。

母の時に懸命に世話をしてくれていた芙蓉さんが、松永医院で助手をしているという話をお連さんが聞いてきたので、わたしも松永医院に行って聞いてみました。受付の人たちが何か隠し事をしているのは明らかなので、菓子などを持参して通い続けたところ、驚いたことに松永に囲われているというではありませんか。

それで外出する松永を尾行《つけ》て芙蓉さんの長屋に行き着けたのです。それからは芙蓉さんを見張りました。〝造花作りの会〟に通っていると知ってわたしもその会に入り、偶然を装って再会を喜びました。芙蓉さんは、松永が車夫を急《せ》かして事故を起こした事実も知っていて話してくれました。これで松永に復讐することを、わたしたちははっきりと決めたのです。

後は先生の察しておられる通りです。芙蓉さんはわたしがなぜ、事故のことを根掘り葉掘り訊くのかと不審に思ったのでしょう。今度は逆にわたしが芙蓉さんに後を尾行られ、父やお連さんとの松永光太郎殺しを間近で見られ、〝黙っていてほしいなら金を出せ〟と、今の千年堂ではとても出せない額を要求してきました。それでもうあのようにするほかはなかったのです。

松永の腹を抉《えぐ》り、芙蓉さんの首を絞めたのもわたしです。手伝ってくれた二人のうち父は死にゆく身です。かけがえのない息子を失ったお連さんはもう、生きて行く気力などないと言っています。わたしは罪を償うべきなのでしょうが、夫となるはずの無二の恋人を亡くし、その復讐を果たし終えた今、一刻一秒も生きていたくありません。父を一人で旅立たせずに三人揃って俊太郎さんの元へ逝かせてください。

薬は以前、松永医院に患者を装って通い詰めていた頃、不可解な全身の痛みを詐《いつわ》って、処方してもらった高値の阿片を使います。

父やお連さんはともかく、わたしはもう少し苦しんで死ぬべきかもしれませんが――どうかお許しください。

千里

桂助先生

この二通の手紙を読んだ川路は、

「遺書はこちらを有効と認め、公にする」

そう言い切って、千年堂悠久からのものを破り捨て、

「この一件はわからぬでもないが、不幸な事故死への私怨とする。奸医を蔓延《はびこ》らせているる東京府や警視庁への弾劾に代えて、騒がれでもしたら大変だ」

と本心を洩らした。

第四話　待雪草

一

秋の日は釣瓶落《つるべお》としに例えられるように、足早に冬が訪れて今年も年の瀬が迫っていた。

桂助《けいすけ》は医療の在り方を模索し続けている、文部省医務局長与専斎《ながよせんさい》からの手紙にまだ返事を出しかねていた。

——我々個人医者と違って、医療官僚は個人の命だけを救えばいいというわけではなく、国家としての医療の在り方を決めなければならぬのだから、なんともむずかしい問題だ——

そうこうしているうちに再び専斎から音信があった。

やっとわたしなりにこの国の医療一新に向けての覚悟ができました。それを是非お報《しら》せしたくてお便りしました。

我々の新しい国造りは、国民の一人一人の健康が基盤です。何より若い兵士の口中に虫歯があっては、いざという時、国を守れないのです。虫歯の痛みは本来の力を半減させるからです。それゆえ、虫歯削り機による口中対策が最も先決だと我々は考えています。

兵士の優先治療を条件とするならば、虫歯削り機のさらなる提供も含め、〃いしゃ・は・くち〃への助成は増やせます。桂助先生が校長となる虫歯削り専門の学校を隣接させて、多くの虫歯削り師たちを育成し、〃いしゃ・は・くち〃が虫歯削り師たちの実習の場を兼ねれば、心身だけではなく口中までも健全な兵士たちが国を守れるのです。

これには広い土地が必要と思われますので、その際には移転先のご提案もさせていただきます。

どうかご一考ください。

長与専斎

藤屋桂助先生

ここまで読んだ桂助は、

――たしかに開国してまだ日の浅いこの国を、列強諸国（仏蘭西《フランス》、英吉利《エゲレス》、亜米利加《メリケン》）から攻められないようにするためには軍備が要る。だがそのための虫歯削り機の普及、削り師たちの増員というのはどんなものだろうか？　長与様が急《せ》いておられるのはよくわかるが、古来、医療は技や薬だけに偏してよいものではない。命を救うためだ。如何《いか》なる大義も命の救済に優先させれば、必ず医療そのものが堕してしまう。医療教育とは、まずは病を正しく深く学ぶことが先決ではないのか？　わたしが虫歯削り師の学校長などとんでもない、これだけは何としてもご免蒙《こうむ》りたい——

いささか憂鬱になった。

またさらに追い打ちをかけるように、追伸が以下のようにあった。

追伸

西洋医松永光太郎《まつながこうたろう》殺害の顚末《てんまつ》が公になりましたが、わたしは最良だったと胸を撫《な》で下ろしました。ついては事件を解決されたあなたのご活躍と、大警視川路《かわじ》様の意に添われた賢明なご判断に感謝いたします。

この件についてはまだ桂助だけではなく、金五《きんご》もすっきりしないものを抱き続けている。

「千里《せんり》さんは松永光太郎が人力車に乗ってて、車夫に事故を起こさせた経緯《いきさつ》について、芙蓉《ふよう》相手にいろいろ聞き出したのが藪蛇《やぶへび》になってって書いてたよね。でも、どうして芙蓉は中村俊太郎《なかむらしゅんたろう》が千年堂《せんねんどう》と親しいってわかったのかな？　百歩譲って巡査に知り合いがいたとしても、そこの奉公人ってことまでしかわからないんじゃない？」

「なるほど。たしかに千年堂では、俊太郎さんとお連《れん》さんが親子であることは皆に知らせても、千里さんのことは伏せていたと思います。彼岸花が好きな悠久《はるひさ》さんや千里さんは、壱師《いちし》の歌にちなんで、人にわかってしまうと結ばれないという謂《いわ》れを疎《おろそ》かにはしていなかったはずです」

「だから、芙蓉は千里さんと俊太郎さんの仲を、いったいどこから聞いたのかってことになるでしょ。俊太郎さんに死なれて千里さんが復讐《ふくしゅう》の鬼になるだろうなんていう芙蓉の思いつき、二人の仲を知らなきゃ突飛すぎるよ。知ってたからこそ、芙蓉は尾行《つけ》て、千里さんたちの松永殺しを見極めようとしたんだから。それともう一つ気にかかっているのは芙蓉がお金を持ちすぎていたことなんだ」

「まさかわたしたちが見つけたほかにもあったのですか？」

「床下を掘って壺《つぼ》を隠してた。合わせて千円（今の約二千万円）はあったって。言っとくけど、芙蓉はうさぎなんて飼ってやしなかったよ」

「亡くなる前は門前市をなす勢いだったというのに、松永先生の奥様は医院を閉めてしまいましたね」

「それが松永に相当の借金があって、家を売っても返せるかどうかわからず、始末は奥さんの実家がつけるようだって聞いてる」

「どこかで聞いた話では？」

「ん、千年堂の悠久さんの借金のことだよね。あれも松永のも大警視は不審だ、調べるようにって言って、おいら、命じられてるんだけど、まるで手掛かりがなくて。そうは簡単には調べられないんだ。先生、知恵貸してよ」

「わかりました。すぐには分からないかもしれませんが心がけておきます。ただあまり期待しないでください」

金五に応えた桂助は、

「確かめておきたいことが一つあります。〝お助け屋〟のお澄《すみ》さんは芙蓉と酒盛りした際、聞かされたのは千里さんがいいカモになりそうだということだけだったのでしょうか？　他に何か、聞いていたことを思い出してもらえるのではと——。お助け屋を訪ねてみませんか？」

「わかった。拾える当てがあるところへは行ってみないとだよね。何か拾えるといいけど。だけど、おいら、あのおばさん苦手なんだよね。自分のおかげで医者殺しが解決したのに、礼もないのかって言いだしかねないでしょ」

「なるほど、ならばわたしが何かお礼の品を用意しましょう」

桂助は、志保《しほ》に頼んでパウンドケーキを焼いてもらってお助け屋への手土産《てみやげ》にした。

再度二人に訪ねられたお澄は、

「何？　これ？　見たことないけど甘い、いい匂いだね。もしかして文明開化の西洋菓子？　なるほど金鍔《きんつば》なんかとは格が違うもんねえ」

まずはうっとりと眺めて、

「カステーラに似てるけどそうでもなくて。いったい、何っていう開化ものの菓子なの？」

二人に問い掛けた。

「パウンドケーキと言います」

桂助が応えるのと、

「お祖母《ばあ》ちゃん、駄目、駄目、勝手に開けて齧《かじ》っちゃ。後で好きなだけ食べさせてあげるから」

大声を上げて包みを解こうとする祖母の女主《おんなあるじ》を叱っておいて、

「話を忘れてるわけじゃないよ。芙蓉が他に何か言ってなかったかってことだろ?」

うーんとしばらく考えてから、

「今、あんたがパウドケーキとか言ったんで思い出した言葉が一つあったよ。西洋語は繰り返せと言われても、ちゃんとはできないもんだね」

桂助の方を見た。

「それは何だ?」

金五が身を乗り出すと、

「そっちは怖いよ」

お澄は身を引く真似《まね》をして笑いながら、

「あの時、芙蓉はうちに朝までいたんだけど、酔い潰れて寝かしつける時に言ってたのが〝ロプ、ロップ〟って。〝ロプ、ロップで何だい?〟って訊《き》くと、〝甘い、甘いものよ〟って応えて目を瞑《つむ》ったままにやにやしてた。甘いものっていうのはてっきり、物好きな医者先生との逢瀬《おうせ》のことかと思ったけど、今になってみるとわかんないよ」

と言った。

「それ、ドロップのことではないかと思います」

桂助は言い当てた。

「何だい、それ？」

「西洋飴《あめ》です」

「なあんだ、飴のことだったのか。たしかに飴なら甘いよね。芙蓉は飴好きだったのにあんなことになって、もう好きな飴も舐《な》められないと思うと可哀想《かわいそう》だよ」

お澄がしんみりしてきたところで、二人は礼を繰り返し言ってその場を去った。

この後金五は、

「先生、芙蓉の〝ドロップ〟は本当に飴のことなのかな？」

桂助に訊かずにはいられなかった。

「わたしは別の意味があると思います」

「たしかに人って酔った時に、普段しゃべっちゃいけない言葉がふと、洩《も》れちゃったりするもんだよね」

「そうです」

「でも、〝ドロップ〟に何の意味があるの？」

「まだわかりません。ただ、本当に芙蓉が飴好きで酒を飲み続けていても、肴《さかな》の代わりに飴が舐めたいのなら、〝飴〟と言うはずだと思います。川路様なら決して認めてはくださらない推測ですので、このことは今のところ、金五さんとわたしだけの話にしてておきましょう」

「となるとおいら、大警視様にまた呼びつけられても、まだ手掛かりはありませんって報告しなきゃなんない。こっぴどく、どやしつけられるんだろうな」

金五は浮かない顔になった。

二

それから約一か月近くが経《た》って梅の花が待たれる頃、

「大警視が桂助先生を連れて来いって言ってるんだよ」

午前の診療を終えて珈琲《コーヒー》を楽しんでいた桂助は川路に呼ばれた。

「わかりました」

桂助は緊張した面持ちで身支度した。

――このところ、老若男女を問わず富裕な人たちが亡くなっている。公には病死とされているが、不審な点でもあるのだろうか？――

桂助は金五と共に大警視室で川路と向かい合った。

「実はこのような投げ文が本庁に届いている」

川路は変わらぬ渋い顔で二人の目の前に投げ文を広げた。それには以下のようにあった。

善生寺《ぜんしょうじ》住職慈庵《じあん》が落命したならばそれは故意の殺害である。慈庵は、十日ほど前に亡くなって初七日を済ませた山田澄を通して、国家転覆の危機をもたらしかねない、重大事を知り得ていたがゆえに殺されたものと考えられる。もちろん山田澄も病死ではなく殺されたのだ。このところの富裕層の病死も同様で、榊《さかき》みつ、五月女《さおとめ》史郎《しろう》、富《とみ》本作治《もとさくじ》、そしてスノードロップ――。

川路はこほんと一つ咳《せき》をして、

「住職が亡くなったことを国家転覆につなげるとは正気の沙汰ではない。しかし、馬鹿げた文ではあっても、このところの富裕層の病死にまで因縁をつけられているとあっては、わしがこの国の中枢東京府の大警視である以上は無視できない」

と続けて、

「このような不届きなものを書いた奴《やつ》を探し出せ、スノードロップとやらが何であるかも調べろ」

大声で命じた。

「書いた者ならすでにわかっています」

「誰だ、早く言え」

「その前に一つ、善生寺住職慈庵様が亡くなられたのはいつのことです?」

「昨日のことだ。馬車にひかれて死んだ」

「なるほど。この消印は一昨日です。慈庵様は山田澄さんの遺《のこ》したものを見て、それが何であったかまではわかりませんが、おそらく書き付けたもので、何かに気がついたお澄さんが殺されてしまったように、いずれ自分にも魔の手が及ぶかもしれないと察したのでしょう。警視庁へこの文を送ったのは、殺された人たちの死をうやむやにしてほしくないからだと思います」

桂助は封筒を川路の方へ押しやった。

「うーん」

川路は言葉もなく消印と文を交互に見比べた。

一方、

「あの山田澄が死んでいたなんて」

金五は驚いて声を上げてしまい、

「やはりまだ松永光太郎殺しを調べていたのか」

川路はじろりと二人を見据えた。

桂助は目配せして、澄に聞いた話を残らず川路に報告するよう金五を促した。

「たしかに芙蓉が澄に洩らしたドロップがただの飴とは思えぬな。たしかに元気だったというお澄の死には不審があるが――」

桂助は訊いた。

「どのように亡くなったのですか？」

「常のように元気だったお澄が一か月半ほど前から体調の悪さを訴えて、とうとう祖母のお兼《かね》に代わってのお助け屋の仕切りができなくなり、髪が抜け始めてからは寝ついたままで逝ったそうだ」

川路の応えに、

「元から具合の悪かったお兼さんはどうなりましたか？」

桂助は畳みかけた。

「お兼か？　お兼は、大川に身を投げた。あの手の病は時に普通に戻ることもあるのだと聞く。孫娘の死を悲観したものと見做《みな》した。藤屋《ふじや》に骸検視《むくろけんし》をさせなかったのはお澄は病、慈庵は事故、祖母のお兼は自死であったからだ」

そう言い切った川路に、

「これからでも骸を検《あらた》めたいです」

桂助は迫り、

「意外にもたいそう信心深かったというお澄は慈庵がお兼に手を貸して通夜、葬儀を済ませて善生寺に葬った。慈庵の骸は善生寺の総山代理と称する僧侶が引き取って行った。引き取り手のないお兼の骸ならまだ地下にある。慈庵の後釜の住職が定まったところで供養を済ませ、善生寺の山田家代々の墓に弔ってやるつもりでいる」

川路は応えたが、骸検視を許すとは言わない。

「それでは早速。わたしは骸検視がお役目でございますから」

桂助は川路の許しを聞かずに席を立ち、金五が続いた。

山田兼の骸は夜半両国橋《りょうごくばし》から身を投げたものと推測された。早朝すぐに引き上げられたせいもあって、それほど膨張はしていなかった。

桂助の調べはお兼の口中に及んだ。

「ありました」

桂助のピンセットが口中から晒《さらし》の切れ端を取り出した。それには赤い糸で以下のように刺してあった。

ひそすのうとろつふ
「何だよ、これ。おいらにはわかんねえ」

金五は首を傾《かし》げたが、

「おおよそのことはわかりました。けれども、川路様にお話しするのは明日にしてください。確かめておかなければならない点があるので。あなたは先程の富裕の家の人の死をできるだけくわしく、その人たちが亡くなった後の家のことまで調べてください。死の床での抜け毛の有無についてもお願いします」

桂助は言い置き、両手を清めて帰り支度をはじめた。

桂助は〝いしゃ・は・くち〟に戻ると志保を探した。志保は台所で昼の支度をしていた。

「お早いお帰りですね」

この日の昼ご飯は塩鮭《しおじゃけ》のほぐし身と溶き卵、刻み葱《ねぎ》を炒《いた》めて飯と合わせたものであった。これに庭で収穫したほうれん草のお浸し、豆腐の吸い物が添えられる。

「美味《おい》しそうだ。相変わらずうちのお昼は豪華ですね」

「今は入院されている方がいないので少し気楽です。鋼次《こうじ》さんや英之助《えいのすけ》さん、うちの皆さんがお好きそうなものを作りました」

「わたしも鮭が炒めた飯に入っているのは大好きですよ」

「そうでしたね。よかった」

こうして昼食を終えて後片付けの後、

「午後は休診ですよね。手伝ってほしいことがあるのです」

志保が桂助に頼んだ。

「実は午後は調べ物をしようと思っていたのです」

言いにくそうに桂助が告げると、

「川路様のお言いつけと関わってですね」

「ええ、まあ。調べたいことがあるのです。スノードロップとは何か――結構長く亜米利加にいたというのに、この手の単語には皆目見当がつきません。まさか、さらし飴に似た雪飴なるものが、西洋にあるのではないでしょうし――」

「本当に見当がおつきにならないのですか？」

志保が笑い出した。

「本当に？」

笑いが止まらない。

「あなたは知っているのですか？」

桂助はややむっとして訊いた。

「ええ、よく知っています。調べる必要はありません。うちでも毎年花を咲かせているんですから、ちょうど今時分。これから一緒に観に行きましょう」

志保に言われて桂助はスノードロップが植物であることを知った。

「まさか水仙の仲間だとでも思い込んでいたのではないでしょうね」

志保の言葉に、

「水仙とは異なるしずく型の花付きで、純白の地味な花弁がたいそう清楚《せいそ》な花、待雪《まつゆき》草《そう》がこのスノードロップだったのですね」

桂助は眼下に別名スノードロップの待雪草を見ていた。

「この花の名の謂《いわ》れを教えてください」

「スノーというのはこの雪のように真っ白な花が冬の終わりから春にかけて、ちょうど雪の多い時季に咲くからです。ドロップの方は花の形、しずく型の真珠の耳飾りに似ているので名付けられたのだとか。合わせてスノードロップ。キャンディみたいで可愛い名付けですけど、わたしは和名の待雪草の方がしっくりきます。可憐《かれん》ではあるけれど、落ち着いた大人の花という感じにぴったりですもの」

「花言葉とかは？」

「慰め、希望、初恋のまなざし。今のは全部不吉なものではありません。一方、彼岸花ほどではないけれど、この花には不吉な謂れもイギリスにはあるんですよ。傷を負って死んでいる恋人に捧《ささ》げたところ、その骸は雪の滴になったとか、これを贈る相手には死が訪れるとか――」

「つまり〝死〟を意味する花でもあるのですね」

桂助が念を押し志保は頷《うなず》いた。

三

席を外した志保は、少し大きめの鉢とシャベルを手に道具部屋から戻ってくると、まずは鉢に土を満たし、

「さてと。どれがいいかしらね」

品定めをしたスノードロップの根元を掘ってその鉢に収めた。

「お願いしますね」

スノードロップの鉢を桂助に手渡しながら、

「実はこのスノードロップこと待雪草、英之助さんがとてもお好きなんですよ。謙虚

で無垢《むく》な白い花がいいんだそうです。それで一株ほしいと言われました。家に飾って世話をして日夜、医術開業試験合格のための励みにしたいとおっしゃるのね。でも、この花、一月に人に贈れば幸運をもたらすと言われているんですけど、二月半ばを過ぎて男女のどちらかが贈ると、贈られた相手に不運が訪れると言われてるんです。あいにく今年は雪はとっくに降ってるっていうのに、梅の花に先駆けて、水仙とほぼ一緒に咲く待雪草の花が、なかなか咲なかったんですよ。わたし、やきもきしてました。そして、やっと綺麗《きれい》に咲いてくれたと思ったらもう、そろそろ二月でしょ。この待雪草は念のため、わたしからじゃなく、あなたから英之助さんにさしあげてください。あ、それから鉢は英之助さんがお持ちになったシーボルト花、紫陽花《あじさい》が植えられていたものを使いました。ご親戚や故郷中津《なかつ》の皆様も、英之助さんの合格を真から願われているでしょうから」

とやや低めた声で言った。

翌日、桂助と金五は大警視室で川路と対峙《たいじ》していた。金五の顔色がよくない。

——何かあったのだろうか？——

桂助は案じたが今は声など掛けられなかった。

すでに金五は榊みつ、五月女史郎、富本作治についての調べを済ませて書面にまとめてある。以下のようなものであった。

榊みつ　享年十七。抜け毛、心臓停止にて死去。養女。養父は誠一郎《せいいちろう》。江戸一の老舗《しにせ》だった呉服問屋さかき屋、今は宮内省をはじめとする政府高官との商いが多数。養母は一年前に病死。半年前のみつの死後、義父誠一郎は後妻を迎えている。後妻との間に生後一年の男児あり、後妻は元旗本の娘で料理屋で酌婦をしていた夏《なつ》、本名奈津。

五月女史郎　享年四十。抜け毛を気にしていた折、心臓発作にて死去。内務省事務官で元大名家の家老の出自。妻は政府高官早瀬《はやせ》誠二郎《せいじろう》の娘波子《なみこ》で一年前に寡婦となって後、亡夫の同輩の小西弥太郎《こにしやたろう》が出入りしている。史郎との間に子どもはいない。

富本作治　享年五十三。すでに毛は頭部から失われていたので抜け毛の有無は不明。元はかなりの大食漢であったが嘔吐《おうと》、下痢が次第に激しくなり、全身が衰弱して死去。元数珠屋であったが、今は知る人ぞ知るダイヤモンド翁《おう》でダイヤモンド好きの天皇のおぼえがめでたいだけではなく、値崩れしないのがダイヤなので、政府高官の妻や娘たちにも絶大なる人気商いを続けていた。隠居後も大邸宅で悠々自適に暮らしている。ただし、二男一女の子どもたちはダイヤモンド翁の財を当てにしていて、商いを継ごうともせず、気儘《きまま》な趣味の日々を今も満喫している。

「この報告とあの投げ文との間にどのような因果関係があるのだ？」

川路はまず訊いた。

「これを見てください」

桂助はお兼の口中から取り出した晒しの布きれに刺された赤い文字を見せた。

「ひそすのうとろつふ？　いったいこれは何だ？」

「ひそは砒素《ひそ》毒です。すのうとろつふとはスノードロップ、和名待雪草です。白い花です」

「なるほど、砒素は無味無臭で白色であったな」

「それだけのことならお兼さんはスノードロップという言葉を赤く目立つように刺した晒の切れ端を、口中に含んで、わたしたちに探させようとするでしょうか？　わたしはこれは大変重要な手掛かりだと思います。ちなみにスノードロップには、〝死〟を意味する謂れがあります。そして、金五さんがまとめたものを見ると、榊みつさん、五月女史郎さん、富本作治さんの様子は砒素による症状と考えます」

「ということは、少なくともこの三人は砒素で毒死させられたというのだな」

「間違いないことと思います」

「それには証《あかし》が要るぞ」

「証は必ず見つけます」

金五は言い切った。

「先ほど先生は、スノードロップは砒素のことだけを示しているのではないとおっしゃいましたな。ならば何を示しているのだ？」

川路は食い入るような目を向けた。

「〝死〟の暗号、あるいはこの言葉を口にし合うことで成立する殺人契約ではないかとわたしは思います」

桂助は言い切った。

「ようは、金で殺しを請け負う殺し屋がこの府中に蔓延《はびこ》っているというのだな」

「はい」

桂助は川路を直視した。

「信じられん。新しい政府が次々に諸々《もろもろ》の旧弊を改新しているというのに、そのようなものがあってはならん、ならんのだ」

川路は悲痛に叫んだが、

「事実はお認めになるべきです」

桂助は退《ひ》かなかった。

「ならばそれらを徹頭徹尾調べて探し出し、一人残らず鉄槌《てっつい》を下さねばならぬ。それが警察とわしの使命だ。すぐかかれ」

「わかりました。まずはこの三名について証を見つけます」

金五の言葉に、

「そんな悠長なことでいいのか」

ふと洩らした川路だったが、

「そうであったな。我ら警察は瓦版屋と変わらぬ噂好《うわさず》きの新聞屋ではない。確固たる証あってこそ動くことができる。よろしく頼むぞ。岸田はこの調べが終わるまで出勤せずともよい。これだけに取り掛かれ」

大声を張り上げ、

「先生、なにぶんよろしく頼みます」

桂助には形ばかりではあったが頭《こうべ》を垂れた。

その翌日に早速、三名が殺害されたと思われる証探しが始まった。ここ何日か、桂助は午前中だけの診療にして、午後は金五と共に各家を回ることにした。

「あなたが診療を減らすなど、よほど大事なことなのでしょうね」

志保に言われて、

「たしかに、いつもの謎解き好きが高じてという程度のものでないことは事実です。この国のためにも、どうしても真実を知らなければなりません」

桂助は覚悟のほどを示した。

「門前払いとかになって、いざとなった時、先生、〝骸を墓から掘り起こせば何でもわかるんだ〟ぐらいのはったりは嚙《か》ませてくださいよ」

すっかり熱くなっている金五に、

「西洋では死者の毛髪から砒素を検出するやり方を見つけた研究者がいます。ここまでの話なら、してもお咎《とが》めを受けることはないでしょう」

と桂助は告げた。

「さすが先生、頼りにしてるよ。それって、砒素の文明開化話だね」

その様子が大警視室に報告に行った時の青ざめた失意の顔とは真逆だった。ますます熱くなっている。

「何か、これらの事件の中で、あなただけが感じていることがあるのではありませんか？　あるのなら話してくれないと困ります。証探しは結構厳しい仕事になりますから」

桂助は訊かずにはいられなかった。

「先生には隠せないなあ」

金五はため息をついて、

「あの榊みつって娘ね、俺とは手習いで一緒だったんだよ。俺と同じで両親《ふたおや》には早くに死なれちゃってるんだけど、子どものいないお大尽《だいじん》に貰《もら》われたって聞いてた。だからてっきり、幸せに暮らしてて、そろそろお婿さんなんか貰って、〝さかき屋〟を継ぐんだろうとばかり思ってた。お大尽に見初《みそ》められるだけあって器量好しでさ、俺も憧れっていうか、ちょっと気があったんだよね」

少々照れ臭そうに告げた後、

「だからさ、まだ十七歳、十七歳だよ、そんな娘盛りに死んじまうなんて、俺、絶対信じられない。殺されたんなら仇《かたき》を一刻も早く取ってやりたいっ」

怒りを叫びに重ねた。

「それでは、その榊みつさんの証は一番後にしましょう」

桂助は常になく厳《いか》めしい顔で言った。

「ええっ？　どうしてだよ？」

金五は口を尖《とが》らせたが、

「この調べに何より必要なのは冷静さです。見つけたもの、人から聞いたことを自分の都合のいいように解釈してはいけません。それに慣れるまではおみつさんの調べはお預けとしましょう」

桂助は川路に対してと同様退かなかった。

四

しかし、桂助と金五の証探しは始めたその日のうちに取り止《や》めになった。二人は、まずはダイヤモンド翁の子や孫が住む広大な屋敷を訪れたが、呆気《あっけ》なく門前払いを食らったのである。すぐに二人を呼びつけた川路は、

「墓を暴いて骸検めをするなどと申したそうだな」

今にも嚙みつきそうな勢いで桂助を睨《にら》んだ。

「わしが許してもいないことを、いけしゃあしゃあと言って脅すとはけしからん」

「わたしは何もお話ししていただけないのなら、今後そのような調べのやり方も考えられると申し上げただけです。決して断じたわけではございません。それにもし、この一件が国家の大事につながっているとわかったら、お偉い方々によって、墓を掘り起こしての骸検視が検討されて然《しか》るべきでしょうし」

桂助のこの言葉に、

「まだわかってもいないのに知った風なことを申すな」

調べろと言った時とは風向きが変わってきていて、

「ダイヤモンド翁と言われた富本作治さんの集めた稀少なダイヤモンドが今、ご子息たちによって売りに出されていて、天子様以下、政府高官や華族様たちも熱心に交渉されているという。富本家だけではなく、それらの筋からもこの警視庁に苦情が入り続けている。ダイヤモンド買いは天子様に倣ってのこと、調べを優先させるわけにはいかぬ」

もっともらしく自身が命じたことを封じようとした。

「富本家のことはわかりました。では内務省事務官の主が殺された五月女家を調べます」

金五が言うと、

「内務省は官庁の中でも最上位、おまえたちが近づくことを許すことはできない」

と川路は言い切った。

「それでは呉服問屋さかき屋ならよろしいでしょう。ここは商家ですから」

さらに金五が言い募ると、

「馬鹿な。忘れたのか。さかき屋は宮内省御用達《ごようたし》であるぞ。天子様のみならず皇后様にお仕えしているも同然ではないか」

川路はじろりと睨み据えて、

「いいか、これにてあの投げ文に対する調べは終《しま》いとする」

出て行けとばかりに大警視室の扉の方を見ると葉巻に火を点《つ》けた。

この後、

「完敗かあ、俺は悔しいっ」

金五は地団駄踏まんばかりだったが、

「まだ策はありますよ」

桂助はしらっと言ってのけて、

「まともに訪ねては駄目だとはっきりしただけ、おかげで手間が省けたというものです。金五さんなら沢山の巡査のお仲間をお持ちでしょうから、あの家々に出入りしている人たち、魚屋さんや青物屋さん等を突き止めて聞いて回るのです。さらにこの一年の間に辞めさせられた使用人の方々からも、手掛かりを聞けるかもしれません」

「わかった。ようは出入りの人たちが見聞きした話や、辞めた人から内情を知ってて、あんまりよく思ってない人を探せってことだね？」

「その通り、ただその場合わたしは――」

「わかってる。先生は堅物に見えるから、こういう話の場合、警戒されて、中々腹は割らないもんだよ。だから先生はいいよ。俺一人でやる。俺も時と場合によってはこの巡査の制服を脱いでやってみるつもりなんだ。任せといて。何かわかったらすぐに報せにいくからさ」

金五は自分の胸を叩《たた》いてみせた。

こうして証探しの仕事から離れた桂助は長与専斎から三通目の手紙を受け取った。

お報せしなければならない事情をお伝えいたします。

医務局が内務省に移管されることにより、わたくしは内務省衛生局局長を拝命することになりました。〝衛生〟という言葉は英語の Hygiene の和訳で、わたくしが『荘子』の中に見つけて命名いたしました。Hygiene はギリシア神話で健康をつかさどる女神ハイジア（Hygieia）に由来します。

わたくしが〝衛生〟と命名したのは、発生したら最後、自然終結するまで、多くの命が奪われるコレラ等の伝染病の因は下水道の不備や不潔な生活環境、習慣にあるとの考えからです。先生も虫歯の原因は食べたらゆすぐ等、口中の清めを徹底しないからとおっしゃっていました。病の八割方は〝衛生〟を心がければ予防できるものと確信しております。

こうしたわたくしの提唱が受け入れられた背景には、あの台湾出兵があったのです。

そこで桂助は先を読む手を止めた。

台湾出兵とは、昨明治七（一八七四）年、明治政府が台湾南部の原住民パイワン族三百人ほどを三千六百人もの軍を率いて攻めた事件である。発端は明治四（一八七一）年に起きた琉球《りゅうきゅう》漁民殺害事件（台湾に漂着した琉球御用船の乗組員、宮古島《みやこじま》島民五十四人がパイワン族に殺害された事件）で台湾に君臨している清《しん》（中国）がパイワン族は「化外《けがい》の民」（統治範囲外の人々）であるから、関係がないと、責任回避したのが火蓋の原因となった。

——あれは清からの賠償金と、立場が曖昧な王国だった琉球の日本への帰属という結

果には落ち着いたが。日本軍が負った犠牲は大きい──

専斎からの文は続いている。

台湾出兵での日本側の戦死者は六人で、パイワン側は三十人です。ところが病死者となると日本軍は五百三十一人、パイワン側には一人もいません。日本軍の兵士たちの病死の原因は、日本にも時折出る三日熱の土着マラリアではなく、台湾南部ならではの熱帯性のマラリアです。熱帯性のマラリアはすぐに薬を飲まないと致死率が上がるという恐ろしい病です。この地に住み続けているパイワン人には病に負けない力があったのでしょう。

また、軍医の多くが漢方医で熱帯性のマラリアに通じておらず、熱帯性マラリアに効く薬を取り寄せるのに時間がかかったこと、軍医として参加したお雇いの西洋人医師たちにも、熱帯ならではの病への知識が欠落していた事実も、こうした大きな命の犠牲を生んだのだと思います。

今、ただでさえ兵力に劣っているこの国にとって、五百名以上の兵士の死は痛手です。政府はこんなことを再び繰り返さないためにと、健康な兵士を増やすことを今まで以上に強く打ち出しています。

あなたにお詫《わ》びしなければならないのは、あなたを校長とする歯削りを指導する学校は国の力では実現できなくなったことです。今はまだ歯どころではない、今、一刻を争うのは命を即刻落とす病であり、コレラ等や、兵士たちが出かけていって罹《かか》りかねない未知の病ではないかという結論に至りました。歯は民間に任せておけばいいとの意見も多数出ています。

これはもう少し先になってみないとわからないのですが、わたくしはどうやら名ばかりの衛生局長を拝命することになるのかもしれません。

それと医術開業試験ですが、歯削りのできない口中科の医師の受験は認められないことが決定しました。理由は虫歯も満足に治せずして、口中等、他の病の医者はまだ時期尚早、試験は、眼科、産婦人科を含む外科、内科、歯削りのできる口中科に決まりました。

これをお伝えいたします。

長与専斎

藤屋桂助先生

桂助がこの文に対しても返事を書きあぐねていると、

「桂助先生、少しよろしいですか？」

わざと遠ざけていた小幡《おばた》英之助から声を掛けられた。

「ええ」

医術開業試験の試験官と決まってからその旨は話してあっただけに、桂助は、

──よほどのことなのだろう──

と思って応接間で向かい合った。

「実は台湾出兵についての記事を読みました」

──なるほど、新聞等に突っつかれて、台湾出兵についてのことをそろそろ公にしなければならなくなって、長与先生もあのように慌てられ、取り巻く状況も変わってきたのだろう──

「なにゆえ、漢方医や熱帯マラリアに無知なお雇いの西洋医者を戦闘地に同行させたりしたのでしょうか？　特に漢方医などこの手の病には赤子同様、何の役にも立たないのはわかりきっていることでは？」

目を伏せた英之助は憤怒《ふんぬ》の面持ちを隠した。

「大義名分ゆえでしょう」

桂助は憶せずに言い、

「天子様のお生まれになられた天皇家の主治医は、かつての徳川様同様、漢方の王道である本道（内科）です。となれば、天子様にお仕えする軍の医者はやはり漢方医ということになります。わたしは悪弊だとは思いますが、この手の大義名分を振りかざすのがとかく政《まつりごと》というものなのです。あと政には列強の西洋医なら、誰もがどんな病にも優れた腕があるという思い込みもありますね」

と続けた。

五

英之助の方も思いの丈を言葉にしていく。

「叔父《おじ》が手紙で、どうやら医術開業試験は、歯削りにさえ特化できれば合格できる受け入れになったと報せてくれました。叔父はこれを〝光明この上なし〟とわたしのために喜んでくれているのですが――」

英之助はその先を続けなかった。

「おや、あなた自身もそのような希望ではなかったのですか？　口中科ではなく歯科で受けたい、とあれほどはっきりとおっしゃっていたではありませんか？」

「桂助先生は試験官と受験生の交流は極力避けておられました。でもわたしは、先生の痛くない歯抜きを含む口中術に興味津々でした。時に歯削りに嫌気がさすほどの想《おも》いです。すると歯削りの患者さんが途切れた時、鋼次さんが、桂助先生の治療室が見える中庭の木陰に隠れていれば、先生の手技を拝見できると教えてくれました。何と先生は歯や歯茎だけではなく、喉、鼻、耳の病と五臓六腑《ごぞうろっぷ》の病にも通じておいででした。はっきりと口中と関わりのある症状も指摘されていました。わたしは、主に虫歯の歯削りだけがこの国の万人の口中の病を救うのだ、と自負していた自分が恥ずかしくなりました。そんな時に、医術開業試験の口中科は事実上歯削りに定められたことを知り、複雑な想いでいるのです」

「あなたの気持ちはわかります。けれども今はやはり、虫歯は抜くしか完治はないとされてきた治療を、歯削りによって大改革する方向が正しいとわたしは思います。ほとんどの人たちが経験している虫歯の痛みがこの治療で減った上に、沢山の歯が残せれば食べ物が噛み続けられて長寿にもつながります。虫歯の歯削りはあなたの使命のはずですよ。はじめてこの歯削りを知った時のことを思い出してください」

桂助の言葉に、

「恩師エリオット先生は厳格な方でした。弟子にするかしないかの基準も相当厳しく、

〝我らは歯の大工なのだ〟とおっしゃって、仮弟子期間を設けて、少しでも歯削りの修業を怠ける者はすぐに見抜いておられました。だからわたしは日々懸命でした。大《お》袈裟《げさ》にいえば、血の滲《にじ》む努力ならぬ自分の虫歯の痛みとの闘いだったのです。実は甘い物好きのわたしは虫歯持ちで、歯削りの修業をしながら虫歯の痛みに耐えていました。それを察していたエリオット先生は、弟子にする代わりにわたしの虫歯を治療してくれたのです。素晴らしく早く痛みは少なく——まさに魔術でした。終わった後は天国でした。この時の感激を今、思い出しました。虫歯の苦しみに身分も貧富も、西洋人も東洋人もない、とにかく分け隔てなくこの地獄の苦しみから救うのが天職だと思ったのです」

英之助の目がこの日はじめて輝いた。

「政への懸念はさておき、目の前の患者を虫歯の痛みから救うために、自分は必要とされているのだという初心を実感できました。先生とお話しさせていただいてよかったです。ありがとうございました」

立ち上がろうとした英之助を、

「これはわたしの直感にすぎませんが、いま話された他にも何か心配事があるのでは？」

桂助は引き留めた。

英之助の合格を祈ってこのところ志保はおみくじクッキーを作ることが多い。ただし、どのクッキーにもガラスのおはじきが入っている。上海《シャンハイ》で修業した英之助の大好物でもあったが、手を付けずに席を立とうとしていた。

「特には――」

英之助は目を伏せた。

「そんなはずはないのでは？」

珍しく桂助はこの手のことで追及を止めなかった。無言の時が続いて、

「実は――」

やっと英之助は切り出した。

「ここからの帰り道、材木置き場を通るのですが、つい最近、その材木が崩れ落ちてきたことがありました。幸いにも身を躱《かわ》したので怪我《けが》はしませんでしたが――。ここ最近、身体が本調子でなくて――。こんなのは怠け心ゆえだ、怠けてはいかん、堕してはいかんと自分に言い聞かせて治療をしています」

「強く辛《つら》い頭痛がするのでは？」

「ええ」

「食欲もないのでは？　故郷《くに》のお好きな魚料理ぶえん汁やぼけ汁は作って食べていますか？」

「とてもその気にはなれません。魚の匂いを想うと吐き気がします。飯の炊ける匂いでも同じです」

「昼は作ってくれる志保さんに悪いので、何とか胃の腑《ふ》に押し込んでいる？」

「すみません」

英之助は俯《うつむ》いた。

「とにかく、少し診せてください」

桂助は英之助の隣に座るとまず両目を診てから、

「結膜出血があります」

次に口中を診た。

「頬の内側や歯茎に白く爛《ただ》れているもの、舌先や舌脇に水疱がぶつぶつと寄り合っているもの、口内炎が多数あります。これは相当痛むでしょう？」

「口内炎のせいで食が進まないのだとも思っていました」

「胃の腑や腸の具合の悪さとの相乗でしょう。髪も抜けていますね」

桂助の念押しに英之助は黙って頷いた。

「試験は間近です。試験前の大事な身体なので大事にするべきです。おそらく熱も出ているはずですから、今の症状がなくなるまでしばらく、〝いしゃ・は・くち〟に入院していただきます」

桂助は強い口調で言い渡した。

「そんな──入院なんて──。わたしはただ疲れているだけです。疲れなどというのは所詮甘えですから──」

英之助は首を横に振りつつ、

「もう、大丈夫ですから、ご心配なく。歯削りの患者さんが待っていますから」

と言って、立ち上がりかけたものの、すでにもう身体に力は入らずソファーに崩れ落ちた。

桂助は志保を呼んだ。

駆けつけてきた志保は、ソファーで蹲《うずくま》る姿勢になっている英之助の額に手を当てて、

「まあ、酷い熱。これは大変だわ。すぐに部屋の支度をしてきます」

入院の受け入れ準備のために離れへと急いだ。

こうして英之助は〝いしゃ・は・くち〟で治療の日々を送ることとなった。

「あいつ、具合が悪いんだって？」

鋼次は案じて桂助に訊いた。

「試験を前に根を詰めすぎたのでしょう」

「やりすぎだって俺もあいつ見てて思ってた。俺の方が若いもんに負けたら悔しいって思うのがほんとうなんだろうけどな。エリオットとかいう異人仕込みのあいつの根性には、絶対敵《かな》わないってすぐわかったんで、俺は俺のやり方を通して、見苦しく張り合わないことにしてたんだ。だからさ、桂さん、あいつときたら並みじゃない努力してたんだよ。試験まで後二十日だろ。何とか試験までに治してやってくれよ。試験の中身には歯削りもあるんだろうから、そればっかりは頭じゃねえ、何と言っても丈夫な身体と技なんだからさ。あ、それから奴の患者は俺が診るから、安心しろって言っといてくれ。志保さんには、〝都合により、しばらくの間、歯削り師は一人になるので待ち時間が増えます〟っていう一言、表に掲げとくように言っといてくれ」

と鋼次は熱く案じていた。

志保は病室を整えて英之助を横にならせて戻ってくると、鋼次が虫歯削りを始める音を確かめてから、

「英之助さん、砒素の中毒だと思う。枕に髪がぱらぱら落ちているのを見たわ」

声を潜めて言い、

「鋼次さんにはこのこと、言わない方がいいと思うの。大騒ぎして何が何でもこんなことをした奴を突き止めてやる、なんて言い出して歯削りを投げ出して犯人探しを始めでもしたら、この〝いしゃ・は・くち〟、どうなるの？　あなたがいるといっても、あなたはあなたで相当重い事件に関わっているみたいだし——。あたし、〝いしゃ・は・くち〟の新しい治療を受けてくれている患者さんたちを裏切りたくないのよ」

「もう鋼さんはそのつもりでいてくれますから安心してください」

「ああ、よかった」

　胸を撫で下ろした志保だったが、

「英之助さんの方は大丈夫なのでしょうか？」

　眉を寄せながら訊いた。

「英之助さんの内臓は砒素毒で傷んでいるので、薬は負担だと判断しました。よく効く薬の中には砒素を含んでいるものもありますしね。ですから弱った身体に優しい冷まし湯を飲ませ続けてください。これを三日ほど続けて重湯が喉を通るようになれば何とか一安心です。そこからは三分粥《がゆ》、五分粥、七分粥、全粥と当人の恢復《かいふく》に合わせて勧めてください。よろしくお願いいたします。英之助さんはまだ若いのだし、症状もそう重くはないのですから大丈夫、治りますよ。そして試験にも必ず間に合うはずです」

桂助が志保にそう言い置いたところに、金五からの走り書きが届いた。

苦戦、白旗、万事休す。助け乞う。元岸田邸裏手にて待ってる。

——金五さんに、スノードロップが英之助さんにまで襲いかかってきたことを伝えなければ。それにしても、あの金五さんが万事休すと感じているのはまずいな。何としてでも迅速に犯人に行き着かねばならないというのに——

桂助はいつになく焦《じ》れた思いで元岸田邸へと向かった。元将軍側用人《そばようにん》だった岸田正二郎《しょうじろう》が遺《のこ》した屋敷は御一新後、明治政府から所有していた書画骨董《こっとう》、茶道具等と共に開け渡しを要求された。その後は日本、西洋を問わない家具や骨董、装飾品の売買の取引場に使われていた。

六

金五は裏木戸の前に蹲っていた。しょんぼりと俯いている。

「金五さん、大変です」

桂助はいつにない早口で、小幡英之助に降りかかっている災難と病状を伝えた。

「えっ、そんなことが」

驚いた金五は反射的に立ち上がった。

「ですから今は、証探しに手間どっていることにいじけている場合ではありません。必ず活路は開けるはずです。あの岸田様だって見守っていてくださるはずですよ。ここには変わらず岸田様がおられるのですから」

桂助は金五を叱るように励ましつつ、裏木戸を開けて中へと入った。

涙型の白い花が連なって咲いている。

岸田正二郎は、白い花が殊《こと》の外《ほか》好きだった。

「今回気がつかされましたが、あれが待雪草、スノードロップの花です」

「俺、花のことなんてとんと知らないから、変わり種の水仙だとばかり思ってたよ」

金五は待雪草を凝視した。

「わたしも同様です。〝いしゃ・は・くち〟の庭にも咲いていたというのに気がつきませんでしたから」

「純な白に忠義の極みを感じる」

生前そう告げていた岸田のために、

「いくら政府でも庭の草木にまではとやかく言わないはずよ」

志保は密《ひそ》かに四季折々の花々をこの裏庭に咲かせていた。春なら白百合、夏には白百合、秋は秋明菊で冬はこの待雪草というように――。

「だったら、これ亡き父上からの厳命かもしんないね。早く何とかしろ、これ以上犠牲になる人を出すなっていう――」

「わたしはそのように思います」

「だったら、俺、うじうじなんてしていられないっ」

「その通りです。わたしも決してあきらめません」

二人は深く頷き合った。

「さて、それでは金五さんの調べを聞かせていただきましょうか」

桂助は金五に切り出した。

「調べったって、まだダイヤモンド翁の富本家だけだよ。甲斐性《かいしょう》なしの子どもたちが三人いてスノードロップに頼んだっていう、殺しの匂いがぷんぷんしてたから、ここからは絶対手掛かりを引き当てられると思ったんだけど、見事空振りで時ばかりかかっちゃって。あ、いけない。こんな愚痴、父上は決して聞く耳、持たなかったよね――」

「そうですよ」

桂助はわざとしかめ面を作って、

「とにかく、話してください」

先を促した。

「わかった」

金五は証探しのために調べて分かったことを話しはじめた。

「ダイヤモンド翁、牡丹《ぼたん》で知られてる真言宗の名刹《めいさつ》の墓地を買って檀家《だんか》になってた。お墓はその寺を入ってすぐの一番いい場所にあったよ。巡査として住職の話を聞いた。父親が死んだっていうのに、通夜、葬式とかの一応の供養はするけど、誰も一度も月命日にもお参りに来ないんだって。まあ、そんなとこだろうと思ってたから驚きはしなかった。そこで、内密に調べをするようにとの命が下ってると言って、この寺の名前を使わせてもらった。ようはしばらく、ここの住職のふりをして富本家を訪ねさせてほしいってことだよ。そうすりゃ子どもたちの様子がわかるよね。使用人たちからも何か聞き出せるかもしれないし。住職は、頭巾とか袈裟《けさ》とかの僧侶の形《なり》の用意を整えてくれた。こうして、首尾よく富本家を毎日訪ねることまではできたんだ。父親と生前に交わしていた供養の約束事だという口実で。一応そこそこのお経はあげないといけないんで、俄《にわ》かだったけど真言のお経だって一夜漬けで何とかした」

「それで二男一女はどんな人たちだったのですか？」

「長男淳一郎《じゅんいちろう》は二十八歳、父親の貿易会社を形ばかり手伝ってる。翁が遺したダイヤモンドは、この長男を通して売りに出されてる。奥さんとは去年別れてる。口数が少なく陰気な性格、たまに会社に出る程度で後は読書三昧。次男健次郎《けんじろう》二十五歳はほとんど家におらず、顔を合わせたのは一度きりだった。独り身で、かなりの男前で外で派手に遊び歩いていると使用人たちは噂してた。支払いは全て翁の会社に回されていたとか――。二十三歳の長女末子《すえこ》はとにかく並外れたガミガミの倹約家で、今日は昨日よりお経を唱える時間が短いと言って、おいら、文句を言われたよ。使用人たちの評判はこの長女が一番よくない。時に台所を覗《のぞ》いて、釜に残っていたお焦げの飯粒まで数える等、限りなく吝嗇《けち》だった翁の性格を一番色濃く継いでいるとも言ってた。次男の女遊びが過ぎるのも翁譲りだが、鬱々とした様子の長男はどこも似ていない。だが、三人とも翁の子であることには変わりはないそうだよ」

「ということは、三人とも母親が違うのですか」

「うん。翁に奥さんがいたのは一度きりで、長男が生まれて後に病で亡くなったそうだ。以後再婚しなかった。理由は、〝とかく女は金がかかる〟からだってさ。西洋人との夜会なんかじゃ、奥さん同伴ってこともあるんだろうけど、〝何がなくても金さえあれば文句は言わせない。仕事は順風満帆〟と言ってて、人付き合いなんかもしなかったし、これといった趣味もなかったって。女たちに子どもができると産ませて引き取ったのは〝墓守が要る〟、〝老いて他人に世話をされるのは嫌だ〟ってことだけだったみたい。この三人の世話をして見守ってきた婆《ばあ》やさんはもう亡くなっているんだけど、常々〝一番お可哀相なのは末子様ですよ。旦那様は『女は読み書き、算盤《そろばん》が少しばかりできるだけで充分』とおっしゃって、手習いもすぐにやめさせられて、わたしたちに家事や、ちょっとした怪我や病人の手当てを、仕込まれなさったのですから。これでは何のために生まれてきたのか、わからないようなものですよ〟って、言ってたって」

「それでは一番作治さんの死を願っていたのは末子さんということになるのでは？」

「でも家や財産を継ぐのは長男だよ。次男はおこぼれ程度だってわかってて放蕩三昧《ほうとうざんまい》。たぶん末子には何も回って来ない。だって、末子は翁が往生するまでの飼い殺し犬みたいなもんだったんだから」

「それはそうでも、いなくなれば心はすっきり晴れるのでは？」

「たしかに。おいらもそう思って翁を殺そうとした別の奴に白状させた」

「だが、その人はスノードロップにはつながっていなかった――」

「翁には長男の前にもう一人子どもがいた。そいつの名は中本周明《しゅうめい》、横浜の西洋医者で、卒中で足が不自由になってきた翁の主治医。わざわざ横浜から通ってきてた。翁が横浜で税逃れのダイヤモンド取り引きを始めた頃、突然取り引き相手に襲われた。その時、道に倒れている瀕死《ひんし》の翁を家に連れ帰り、必死に看病して命を助けたのが、中本の若き日の母親だったんだそうだよ。その母親には顔に目立つ大きな痣《あざ》があった。それを実は疎《うと》んじていたのか、翁はいったんは恩人と情を交わしたものの、その夜、中本家の全財産と共に姿をくらませてしまった。以来、中本周明と母親は恩を仇《あだ》で返す、あまりに酷い仕打ちをした翁のことをとことん恨み、復讐だけを生き甲斐にしてきたのだそうだ。辛い医者修業もいつかきっと、わが手で翁を裁いてやろうという一念で乗り越えられたと中本は言っていた」

「しかし、中本周明さんは富本作治さんを手に掛けなかったのでしょう」

「そうなんだよ。俺は使用人の話から中本に行き着くことができた。使用人の一人が、中本と翁の話を聞いてしまっていたんだ。翁は〝おまえはわしの種だと名乗り出て、こうして通ってきている。だがわしはおまえができたあいつとの夜は、ただの返礼だと思っている。あれで恩は返したはずだ。どんなに通ってこようとも診療代はびた一文払わない。それにそもそもおまえの薬はちっとも効かない。おまえはやぶだ〟と特に神経痛が酷かった日に翁が怒鳴ると、〝とんでもない、わたしはただ父に会って世話をさせてもらいたかった、ただそれだけのことです〟と、穏やかな声で中本は返していたと——」

「凄《すご》いやり取りですね。ただし医者の中本さんなら、スノードロップに頼む必要はないように思えます」

桂助のこの言葉に、

「そこなんだよね。俺も後で冷静になってみたら、そうだろうってわかったんだけど、その話を聞いた時はもう、絶対、こいつだって思い込んじゃって、横浜の中本のところに行ったんだ」

「中本さんが白状したのは殺意だけですね」

桂助は言い当て、大きく頷いた金五は、

「中本によると、おっかさんは〝わたしたちが苦しんできたのと同じくらい、さんざん苦しませてから殺すのよ〟と言ってたそうだけど、たとえどんな酷い父親でも、とても自ら手は下せなかったって。けれども砒素中毒と思われる苦しみを得ているのには見て見ぬふりして。正直、何という好都合、よかったとさえ思ったと言ってたそう。末期の労咳《ろうがい》だったおっかさんは、憎き富本作治を中本が殺したと思い込んで、富本が死んだ三か月後に亡くなったらしい。〝自分にあるのは、医者として砒素中毒に気づかぬふりをしていた罪です〟と中本は告白してた」

と応えた。

七

「ということは、中本さんが恨みを晴らす前に、富本さんの死を願う者が先回りしてスノードロップに殺しを頼んでいたということになりますね」

桂助の言葉に、

「そうには違いないけど、これだけじゃ、スノードロップを使ったのが家族の誰かまではわかんない。社交は嫌いな翁だったけど、自分だけの利にはとことん聡《さと》い貪欲な商いぶりは知られてたから、家族以外にも恨みを持つ者はいたってことにもなる」

金五は応えた。

「しかし、中本さんは医者の立場で翁の砒素中毒を見抜いています。ということは、家族以外の可能性はあったとしても、誰かが翁の飲食物か嗜好品《しこうひん》に砒素を盛り続けていたのです。翁の食べ物等は調べましたか？」

「とにかく節約第一の人だから、これといった食べもの贅沢《ぜいたく》はしてなかったって。吸ってた葉巻は調べたよ。葉巻は、二年ほど前に熊本で輸入物より安い国産が出たって聞くと、すぐにそっちに変えてたそうだ」

ちなみに開国以来葉巻の輸入は増大していて、政府の殖産政策もあって国産品が待望されたのである。

「もちろん、富本家に遺っていた葉巻は調べましたよね」

「坊主のふりをしてたおかげで、仏壇に一箱あったのを、墓にも供えてほしいという翁の遺言をでっちあげて、いただいた。金魚や鼠《ねずみ》、蟻《あり》まで使って調べたけど砒素が混ぜられてる形跡はなかった。だからダイヤモンド翁からは手掛かりなし、でもここで挫《くじ》けてちゃ駄目だよね、次行くね」

金五は自分自身を励ますかのように言い切り、先を続けた。

「内務省事務官の五月女史郎が四十歳で急な心臓発作で死んだ件については、主治医にまず訊きに行った。ダイヤモンド翁の調べで、医者は何でも知ってるってわかったからさ。時代が変わって新しい掛かりつけ医になったその西洋医者は、呼ばれて五月女を診たのは風邪《かぜ》ぐらいのものだったと言い切った。ただし妻の波子はとかく身体が弱く、これといった病気もないのに、寝ついていることが多かったっていう。〝それだけか〟って突っ込んだら、診察していた波子の身体に痣があったことを認めた。決して口には出さなかったものの、五月女に殴られることが多かったのではないかと言ってた。五月女の同僚で親しかった小西弥太郎については、すでに通いの婆さんから話を聞いてた。二人とも大変なワイン通で五月女の家で始終、互いに入手したワイン自慢をして飲んでいたという」

「五月女家に残っていたワインを調べることはできましたか？」

薩摩《さつま》の錦江湾《きんこう》に入港した宣教師フランシスコ・ザビエルによって伝えられたワインは、その後、薩摩藩主島津《しまづ》家、信長《のぶなが》、秀吉《ひでよし》、家康《いえやす》等限られた身分の人たちを楽しませた後、御一新を経て政府高官の間を主として広まりつつあった。

「舶来のワインが馬鹿に高いことは婆さんも知ってて、一、二本くすねてあった五月女のワインを出させて調べた。砒素は出なかった。五月女が出張で家を空ける時に小西が訪ねてくることもあり、そんな時の波子はいそいそと華やいだ様子だったから、小西とは道ならぬ間柄にあったに違いないと婆さんが断言しているにもかかわらず――。通いの婆さんの憶測だけじゃ、奴を追及できっこない。最後行くよ」

いよいよ三件目は金五の幼馴染《おさななじ》みだった榊みつの死についての調べであった。

「これはもう、絶対、主と後妻が仕組んでおみっちゃんを殺したんだろうって、俺思ってたよ。子どもがいなくて養女にしたものの、奥さんが病死して後、家に入れた後妻との子、血縁があってしかも男の子だから、おみっちゃんが邪魔になったんだろうって」

「待ってください。後妻との間の子は男の子でしょう？　後継ぎはよほどのことがない限り、男の子と決まっています。何も他家へ嫁ぐだろうおみつさんを、殺したいほど邪魔にするはずはなかったのでは？」

「おみっちゃんについては近所とか、奉公人の人たちにいろいろ聞いたよ」

金五は言葉少なく、

「おみっちゃんは、俺の知ってたおみっちゃんじゃなくなってた」

ぼそりと続けて、

「目の中に入れても痛くないほど、可愛がってくれた養母が死ぬまではおみっちゃん、何でも買い与えてくれる人がいるんで、どんどん我儘《わがまま》にはなってたけど、呆《あき》れ返るほどじゃなかったって。俺の知ってた昔のおみっちゃんらしく、生きものが大好きで、飼い犬や飼い猫の世話だけは自分でしてたって。それもだんだん奉公人任せになってって、手の付けられない悪い娘になった」

「手の付けられない悪い娘？」

「商い一筋の養父とはほとんど言葉も交わさなかったせいもあって、おみっちゃんがごろつきまがいの連中たちとつるんでいろいろやってて、荒れに荒れてること、知ってたのはご近所さんと奉公人だけだったって」

「いろいろとは、もしや盗みや脅しですか？」

「強請《ゆすり》も脅しのうちだよ。それからその手の連中だから女の身でもいろいろ──」

金五は堪《たま》らない表情を隠すために俯いた。

「養母を失ったおみつさんが、孤独のあまり陥った自暴自棄だった──」

「そうだよ。おみっちゃんは、養父とはいえおとっつぁんに気にかけてもらいたくて、悪さを続けてたんだと思うけど──」

「実子の男の子を得た養父がおみつさんを気にかけるとしたら、たとえ養女であっても、さかき屋の娘として恥ずかしくない娘であってほしいという想いだけだった──」

「そんな養父にとって、世間の顰蹙《ひんしゅく》を買っているおみっちゃんはただただ疎ましいだけ、金輪際、さかき屋の娘を名乗ってなどほしくなかった。養父と掛かりつけ医が決めて、おみっちゃんを重い心の病に罹った娘扱いにして、寝てばかりいる薬を与えてたこともあったって、おみっちゃんと特に親しかったごろつきの一人は言ってたよ」

「その薬に砒素が入っていたのでは？」

「そうだったのかもしんないけど、気がついたおみっちゃんはすぐに飲むのを止めたし、薬も捨てられてて残ってないからわからない。さかき屋の掛かりつけ医には訊かなかったよ。どうせ養父と結託してるんだろうから、何も教えちゃくれないでしょ」

「親しかったごろつきの一人は、おみつさんと一緒に生きて行こうとはしなかったのですか？」

「そいつは〝さかき屋なんて出て二人だけで暮らそう、所帯を持とう〟って言ったそうだから、一応は考えていたんだと思うよ。でもごろつきは、贅沢に慣れた暮らしをしてきているさかき屋のお嬢さんのおみっちゃんが眩《まぶ》しくて、ふっと心を寄り添わせただけだろさ。そういうのって、期待しすぎると裏切られる、長く続かないって、一時は養母のおっかさんにあれほど可愛いがられながら、呆気なく死なれちゃったおみっちゃん、身に沁《し》みてたんじゃないかな。これが養女になる前のおみっちゃんだったら違ってたかも。でもそん時、おみっちゃんが年頃の娘だったとして、果たしてごろつきは一緒になろうなんて言ったかな。所詮、まともに汗して働くことはしないごろつきはごろつき、心に傷を負ったさかき屋の可哀相な娘、おみっちゃんしか好きにはならなかったんじゃない？　そこんとこもおみっちゃん、どっかでわかってたんじゃないかって思う」

金五は淡々とおみつとごろつきの若者について話した後、

「俺、生きてるおみっちゃんに会いたかったよ」

ふと洩らして目を瞬《しばたた》かせた。

「おみつさんのお相手だったそのごろつきが、他に覚えていることはなかったのですか？　たとえばおみつさんが好きだった食べ物とか飲み物――」

桂助は話を転じた。

「養母が好きで寝る前に飲んでたっていう、マラスキーノっていう薬のようなお酒は毎晩、欠かさなかったって――」

マラスカ種の西洋サクランボを原料とする甘いリキュール、マラスキーノは、ペリー提督が徳川将軍への献上品として贈って以来、幕府高官への接待酒としても用いられて好評を博した。この酒もワイン同様、もちろん高額ではあったが知る人ぞ知る稀少な洋酒として輸入されていた。

「これは調べましたか？」

「奉公人の話じゃ、おみっちゃんの死んだ後、確か何本かまとめ買いしてたのが煙のように消えてたって――。調べられなくて残念だよ。ここから砒素が出てきたらおみっちゃんの仇がとれたのに――」

金五はため息をついた。

「さかき屋の主または主夫婦は、頼んだスノードロップの形跡を消すために、マラスキーノを捨てたのでしょう。おそらく、通いのお婆さんがいただいてしまっていたワインは、頼まれたスノードロップが砒素を仕込む前のものだったのでしょう。五月女波子さんと小西弥太郎さんも砒素入りワインを全て始末したはずです。三件を結ぶ共通の手掛かりはこれかもしれない」

桂助の閃《ひらめ》きに、

「それ、輸入の酒に仕込まれてたってことだよね。そうなると富本家の酒は？　もしかして、俺が豪勢な居間のガラス張りの棚の中に見たウイスキー――。すっかり、葉巻に目くらましされるなんて俺、迂闊《うかつ》だったよ」

金五はそこに富本家のガラス棚があるかのように、宙に向けて目を見開いた。

ウイスキーもまた、マラスキーノと同じペリー来航の初回の折に、スコッチとアメリカンウイスキーが持ち込まれ、交渉に当たった日本側の役人や通詞に振る舞われていた。二度目のペリー来航時には、十三代将軍、徳川家定《いえさだ》にアメリカンウイスキー一樽《たる》が献上され、開国を機に横浜や長崎を起点に輸入されてきている。日本人と外国人との商談の酒席には欠かせないものであった。

八

桂助と金五は元岸田の屋敷内へと入り、土蔵に向かった。

「そういえば、この屋敷、政府が輸入品とかの売り買いに貸し出してて、土蔵にはその都度開催する店が商社を通じて、いろんな輸入製品を運び込むって聞いたな。調度品や絨毯《じゅうたん》、美術品なんかだけじゃなく、日々の食卓の色どりや楽しみになる洋酒なんかも人気で、横浜や神戸から運ばれてきてるっていう話もあった」

と金五が言い出したからであった。

しかし、土蔵の錠は頑として開かなかった。

「ここ元は父上の屋敷の土蔵だったのにな」

金五は悔しそうに呟き、

「それでは屋敷の方に廻《まわ》ってみましょうか。何か手掛かりがあるかもしれません」

桂助が歩き始めた時、やや長めのざんぎり頭で黒装束、虎の面を被《かぶ》った男たち三人に取り囲まれた。

「何、してやがるんだ？　ここを勝手にうろうろされちゃ困るぜ」

左手の一人がそう言いざま、桂助に向かって拳を固めて殴りかかってきた。

「わたしたちは探し物をしているだけです」

桂助が事情を話して拳を躱《かわ》し、

「それにここは元は俺の父親の屋敷なんだよ」

金五も告げた。

「この野郎、ふざけたこと言うんじゃねえ」

相手が懐から匕首《あいくち》を取り出して握った。

「やってやろうじゃないか」

「ぶっ殺すぞ」

右側にいた虎面も匕首を手に脅しの言葉をがなり立てた。

「まあ、待てよ」

中央の頭《かしら》と思われる一人がはじめて声を出した。

「この声、聞き覚えがある」

金五が頭の虎面を凝視した。

「おみっちゃんのこと話してくれた親しかった男だよね。たしか平吉《へいきち》さん」

「仕様がねえなあ」

平吉はくぐもった声で呟くと虎面を外した。細面のなよっとした男前なのだが、今は切れ長の目が匕首の切っ先のように鋭く光っている。

「いいのかよ」

「しっかり見張って誰も近づけねえようにしろって、言われてるんじゃねえのか」

左右の二人がひそひそ声で案じた。

「見張ってろとは言われたが、うろついてる奴を見つけ次第、始末しろとまでは言われちゃいねえ。それに片方は巡査だぞ。こいつを殺《や》っちまって捕まりでもしたらこれもんだ」

平吉は二人の子分に向けてそろえた掌《てのひら》を首に当てる仕草をした。そして、金五に向けて、

「俺たちは一日幾らの日庸《ひようと》取りで、ここの見張りを引き受けてるだけなんすよね。ごろつきはごろつきらしく生きてるだけっす」

薄く笑った。

「おまえたちを雇っているのは誰なんだ？」

金五は訊いたが、

「そんなもん、今のごちゃごちゃのご時世わかりませんや。ただ俺たちは昔、口入屋、今は人工《にんく》出しの親方に仕事を世話してもらって、何とか食ってるだけですから」

と平吉は言い捨てると、

「行くぜ」

と子分を促して去った。

この時、金五は、

「ね、やっぱりおみっちゃんはわかってたんだよ。今、俺が願ってるのはマラスキーノに砒素入れて運んでたのが、惚れてるふりしてたあの平吉や仲間じゃないようにってこと。平吉たちがスノードロップと直《じか》につながってないことを祈りたいよ。だとしたら、おみっちゃん、いくら何でも可哀相すぎるだろ？　それにしてもあの平吉の奴、やっぱり思った通りごろつきはごろつきだったんだ」

悔しくも悲しそうに言った。

「そうとも限りませんよ」

桂助は、平吉が去り際に虎面を放り投げるふりをして左腕を回していた仕草を見逃

さなかった。近くにあった忍冬《すいかずら》の茂みへと近づくと、

「平吉さんはおみつさんが養父と後妻に殺されたとわかっていて、あなたに話したのでしょう。巡査のあなたが唯一、おみつさんの死に疑念を抱いて調べていることを知って。としたら平吉さんだって悔しいはずです」

平吉が忍冬の茂みに投げ込んだ鍵束を摑《つか》み出した。

「さあ、中へ入りましょう」

こうして二人は土蔵と富裕層や政府高官相手に、輸入品の売買が行われる屋敷の中を確かめることができた。

土蔵には西洋家具や大理石で出来た女神像などの飾り物等に交じって、洋酒の類が入った木箱が積まれている。種々の洋酒はウイスキーやワインがすぐに見分けられたが、マラスキーノとイタリア語で書かれたラベルを見つけるのにはやや時がかかった。

屋敷にはかつて西洋骨董の展示、売買が行われた時、桂助は招待されたことがあった。志保や鋼次も連なり、金五は巡査の制服の代わりに女装して参加した。アメリカと日本を股にかけての強盗、窃盗、殺人を犯した犯人探しが急務だったのである。

二人の足はさまざまな輸入品が並んでいた広間や座敷へと進んでいた。

「確か、かつては剣の稽古の場だったところが、買手たちの集う西洋風広間に改築さ

れてましたよね。椅子や丸テーブルが並んでいて茶菓が振る舞われ、その広間を取り囲むように商談の個室がありました。わたしはあそこが気になります」

桂助は個々の商談の場である個室を調べはじめた。どの個室もがらんとしている。

桂助は四角いテーブルの上を見据え、掌でその表面に積もっている埃《ほこり》の量を確かめていく。そして五室全てを調べ終えた後、

「あの中ほどの部屋のテーブルにはほとんど埃が積もっていませんでした。埃が拭われていました。その上、香の匂いが残っていました。ここが大きな催しの他に、たびたび何かの目的で使われていた証です」

と指摘した。

「それ、スノードロップが殺しの依頼を受けてたってことだよね」

金五の目が輝いたが、

「ええ、でも、土蔵の酒類の中に富本さん、五月女さん、おみつさんそれぞれが愛飲していたと思われるお酒があり、使われていた部屋がここにあったというだけでは、スノードロップが殺人の依頼を受けていたということにはなりません。川路様は鼻でお笑いになるでしょう」

桂助は苦く笑った。

「そうだ、現場に戻って考えようっと。ね、先生も――」

金五は使われていたと思われる個室に桂助を伴った。

「ここでスノードロップがねえ。誰にもわからず、けど確実に死んでほしい相手を殺せるなんていう、摩訶《まか》不思議な話、相手に信じ込ませることができたんだろうか？」

金五は首を傾げた。

「ああ、そうだったのか」

珍しく桂助が大声を上げた。

「スノードロップのやり方がわかりました。まずは芙蓉さんの長屋へ行きましょう」

二人は芙蓉が住んでいた長屋へと急いだ。

「そのままになっててよかったよ。殺しがあったせいで、ここはまだ誰も借り手がつかないって大家はぼやいてたけど」

「もう一度ここを調べましょう」

「そうは言うけどあの時、かなり調べて、先生が紙花の彼岸花の花弁なんかを見つけて、犯人に行き着けたんだよ。他にまだ何かあるなんて考えられないよ」

金五は思いつかない様子でいたが、桂助は残されていた柳行李《やなぎごうり》をもう一度調べていた。

「ありました、これですよ」

それは柄物の着物の類に紛れていた。畳んである白いものを広げると一見、死出の旅路に用いられる死装束に見えた。その下には香炉と香の包みがしまわれていた。一緒に黒い袴《はかま》も見つかった。

「これらはおそらく巫女《みこ》に扮《ふん》して操る、スノードロップの装束だったのでしょう。芙蓉はこれを着てここへ座り、殺人依頼を受けていたのだと思います。直に組んでいたのは芙蓉を愛人の一人にしていた松永幸太郎。人気の松永先生には邪魔な身内や商い、仕事の競争相手を殺したい富裕な患者が多かったので、当初、殺し商いをもちかけたスノードロップの評価は上々だったと思われます。けれども松永は傲慢で貪欲が過ぎるあまり、千年屋さんの一件でみそをつけてしまった。まさか千年屋さんがあの家族全員で、松永の不誠実さゆえに、大事な人の命を奪われた恨みを晴らすとは思ってもみなかった。松永幸太郎、芙蓉殺しの顚末を知って、この始末をつけるためにスノードロップは〝お助け屋〟のお澄、お祖母さんのお兼さんまで亡き者にしたのでしょう」

「ということは罪もないのに殺されたって思ってたお澄やお兼は、スノードロップの仲間だったたってこと？」

金五は仰天した。

九

「女主としてずっと切り盛りしてきたお兼さんが、老いとともに見舞われがちな病に罹り、お助け屋はこのところ、同業他店に押され気味だったのではないかと思います。気がつきませんでしたか？　訪ねた時、ひっくり返した木箱の上にあったのは、欠けた茶碗《ちゃわん》や皿ばかりでした。お澄さんは生まれつき手先が器用で、割れた瀬戸物を直す焼き継ぎの内職をするほどだったのではないかと」

「焼き継ぎができりゃ、洋酒の瓶の蓋を開けて砒素を入れる細工もできるよね」

「平吉さんたち同様、仲立人に言われた通りにこなしていただけでしょう。とはいえ砒素は鼠取りとか虫除《むしよ》けに使う身近なものなので、〝酒を美味くするこいつを混ぜろ〟と指示された白い粉に不審は抱いたはずです。疑いながらもお金に釣られて続けてしまったのは、砒素毒による殺しの報が一切出てこなかったからでしょうね」

「金持ちや政府のお偉いさんが夢中になってる洋酒は、日本の酒とはまた別の格別な美味さがあるって言われてる。呑兵衛《のんべえ》のお澄だって飲んでみたかったはずだよね。なのに芙蓉が持ち込んだ酒を飲んだって言ってた。お澄も芙蓉もやっぱりこの酒は危ないってわかってたんだ」

「ですから毒酒がまだ、お助け屋にある可能性はあります」

「行こう、先生」

　今度は金五が先に立った。

〝借家人募集、店代安値〟と書かれた紙が貼られているにもかかわらず、孫娘と祖母が続けて亡くなったお助け屋もまた、芙蓉の長屋と同じで、まだ借り手がつかず大家を悩ませているようであった。

「俺たち、ツイてる」

　金五が歓声を上げて中へと踏み込んでいく。

「隠し場所のこともあるので、一度にそう沢山の毒酒はつくらず、殺す相手が決まって、使う酒の種類に予定が立ったところで、洋酒もしくは、今回の小幡英之助君に使った芋焼酎等、日本の酒類もここへ運ばれてきていたのです。とにかく探しましょう」

「絶対見つけてやる」

意気込んだ二人はほどなく暗くなり、空が白んでくるまで探し続けた。

「ないなあ。壁の中にでも塗りこめてるのかな。それとも、娘が死んでますますわからなくなってたあの婆さんがお礼って菩提寺《ぼだいじ》の住職慈庵にあげちゃったのかな」

「それはあり得ません。住職さんは事故死に装われて殺されていますから。それとお兼さんは赤い糸で晒の切れ端に、〝ひそすのうとろつふ〟という文字を刺して口に入れて死んでいたのですよ。自分たちのやってきた毒酒造りは、スノードロップからの指示だったと伝えようとしていたのですから。少なくともこの時のお兼さんはわかっていたはずです。お兼さん――そうだ――」

桂助は家の裏手へと廻った。慌てて金五が追う。桂助は裏手に耕されている猫の額ほどの畠《はたけ》を見下ろしていた。ただし何も植えられていない。

「ここですね」

桂助は掘り返された跡のある柔らかな黒土を指し示した。

「お兼さんの役目は、ここへお澄さんのつくった毒酒を埋めておき、取りに来たスノードロップの配達人に、言われた種類の酒を渡すことではなかったかと思います」

「その毒酒を見つけなきゃ」

こうして、筵《むしろ》にくるまれ裏庭に埋められていた三本ほどの酒が見つかった。その中には、ウイスキーやワイン等の他に英之助が愛飲している中津産の芋焼酎も含まれていた。

「これらを早速、調べてもらってください」

桂助は酒瓶を金五に託した。

この日〝いしゃ・は・くち〟に戻った桂助は、

「英之助さん、卵粥《たまごがゆ》と煮カレイが食べられるようになりましたよ。これからしっかり滋養を摂《と》ってもらわないと」

志保が英之助の容態を告げた。

「今回のことで何か心当たりはありませんか？」

桂助は恢復してきた英之助に訊いた。

「実は――」

話そうとして英之助は言葉を止め、

「特には思い当たりません」

と言って目を閉じてしまった。

「桂さん、ちょっと話――」

鋼次も英之助を案じている。

「俺はあれじゃないかと思うんだけどな」

「あれとは？」

「あいつ、桂さんに虫歯削り以外の口中の病の治し方、教えてもらいたがってただろ。でも桂さんは医術開業試験の試験官になっちゃったから、桂さんの方からつれなくせざるを得なかった。その事情はわかってても、あいつとしたらやっぱり、今まであったのは押しも押されもしない口中科なんだから、虫歯削りだけできても試験、受からないんじゃねえかって思ったんだろ。俺だってそう思うよ。それで、これはたぶん、俺の勝手な想像なんだけど、代々続いてて、奥医師も兼ねてた江戸一の口中科丹治《たんじ》安《やす》兵衛《べえ》のところへでも教えてくれって、頭を下げに行ったんじゃあねえだろうか？　そん時からあいつ、俄然《がぜん》、明るくなったっていうか、いろいろ喋《しゃべ》るようになってさ、〝田舎者でも誠意って伝わるもんなんですね〟とか、〝口中の病気は西洋も日本も別はないんですから、知っていることや技を互いに補いあえば、歯や口中の病で苦しむ人たちを一人でも多く助けられますよね〟なんて話してたんだ」

「なるほど」

鋼次の話をこれ以上はないと思われる、緊張した面持ちで聞いた桂助は、

——もうこれしかない——

急ぎ以下の文をしたためた。

要件のみお伝えいたします。

〝いしゃ・は・くち〟で修業中の小幡英之助氏が、故郷より送付の芋焼酎を偽った砒素混入の毒酒にて、一時は重態に陥りました。この砒素入り毒酒による被害は他にも出ていて、スノードロップを暗号とする、恐るべき依頼殺人によることを突きとめました。

この暗号の使い手は、決して犯行の証を残さず、引き受けた殺害は完璧にこなすものと思われるので、このまま野放しにしておくと、再度小幡氏の命が狙われかねません。

藤屋桂助

長与専斎先生

そして翌日、桂助は川路の呼び出しを受けて金五と共に大警視室にいた。

「お助け屋の裏庭から砒素入りの洋酒、焼酎が出たことは聞いた。これでこの一件はやっと解決の運びとなった。府民もさぞかし安堵《あんど》するであろう。ご苦労であった」

川路は上機嫌で告げた。

「まさか――解決ですか？」

金五の言葉に、

「その通り、スノードロップなる殺し請負屋の仮の名はお助け屋。首謀は女主のお兼と孫のお澄。お兼はなかなかのやり手だったようだ。お助け屋として富裕な家々に出入りしつつ、内情を探り、弱味や欲の炎に火を点けて殺しの依頼を持ち掛ける商売を続けてきた。が、その因果が祟《たた》ったのか、お兼は老いた身でいずれは赤子に帰ってしまい、自分の身の始末もできなくなる病に罹った。お兼は悩んだ。孫のお澄には商才がなく、自分なしでは裏稼業のスノードロップを続けていけない不安に駆られた。便利に手下に使っていた芙蓉の死も堪《こた》えた。罪深い自分たちの運命を重ねたのだ。お兼は自分にまだ、この事態がわかっていて、悔いる心を持ち合わせているうちにという思いを深くして、酒好きなお澄を砒素を混ぜた酒で送ってやり、自身は大川に飛び込んで後を追った。悪に手を染めた祖母と孫の末路だ」

川路はやや沈んだ声で応えた。

「おっしゃるようでは、お兼が〝ひそすのうとろつふ〟と刺した布を口に含んで死んでいた理由が不明です」

金五は食い下がったが、

「不明なものか。あれは自分たちがスノードロップであると断じているだけのことだ」

にべもなく言った。

「御住職慈庵様の投げ文にあった三名、富本、五月女、みつを自然死に見せかけて殺すよう、スノードロップに依頼した者たちの罪はどうなさるおつもりですか？」

桂助は訊いた。

「たしかに岸田巡査が提出した報告書には、死んだ富本作治、五月女史郎、榊みつについて殺害疑惑が十二分に記されていた。取り巻く者たちに動機があるという。だが、お助け屋が拵《こしら》えた砒素入りの毒酒が、富本、五月女、榊の家々に届けられたという確証はない。ただ、この毒酒がどこかの誰かの命を縮めたかもしれないという可能性があるだけだ。三家にて毒酒が見つかっていない以上、疑わしいからというだけで捕えるわけにはいくまい」

川路が言い切ったところへ、

「大警視、川路君」

扉を叩く音と同時に長与専斎が息せき切って入ってきた。

十

「困りますね、東京府中がこのように不穏では。この間お訪ねした時、あれほど不穏にならぬようにとお願いいたしましたでしょう？」

血相を変えた専斎はややぶしつけな物言いをした。

「天子様の民であり、兵士ともなるこの国の人たちの多くを一人の若者が救おうとしているというのに、警視庁はその若者一人の命さえも守れないというのですか？」

専斎は鼻息荒く続けた。

「どうも話が見えません」

川路は日頃温和な専斎の変わり様に驚きを隠せなかった。

すると専斎は、

「この藤屋先生の〝いしゃ・は・くち〟に預かっていただき、医術開業試験の歯科部門で免許を得ようとしている小幡英之助君のことです。小幡君こそ、この国の誰もが抱える歯痛の新しい救世主なのです。前にもお話ししたでしょう？」

と迫り、

「そういえば伺ったことがありましたな」

川路は当惑気味に頷いた。

「その小幡君が、郷里からの陣中見舞いと偽って誰かから届けられた、砒素毒入り芋焼酎で死にかけたのです。わたしは一命をとりとめた小幡君に会ってきましたが、この手の刺客は必ず仕留めるまで止めはしないので、まだまだ油断はできません。あなたもそれをご存じのはずでしょうが。いいですか、小幡君にもしものことがあれば、すでに大きく列強や諸外国に遅れている日本の医療は、さらに遅れてしまいます」

専斎は畳みかけた。

すると川路は、

「はて、そのような報せを受けたかな」

金五の方を見た。

「報告書には書かせていただきました。〝なお芋焼酎に混入された砒素中毒にて重態一名、小幡英之助なる歯削り師〟と」

「たしかに」

突然、川路は大声を上げて、

「お国のための重大事でした。もちろん忘れていたわけではありません。すでに死亡している者たちとは別に鋭意、調べをするつもりでおりました。ただし、重態ゆえ、また長与、藤屋両先生のお知り合いゆえ、今少し恢復を待ってわたくし川路利良、直々の調べとさせていただこうかと思っていたところでした。新しい国造りの志に燃えている我らを、まるで嘲笑《あざわら》うかのような不届きな殺人集団は、何としてでも、根絶しなければなりますまい」

と言っておもむろに専斎に握手を求めた。

飛びつくように素早く握り返した専斎は、

「それでは我らは同志です。わたしにも小幡君の護《まも》りに力を貸させてください」

笑みを顔一面に広げつつ、桂助に向けて目配せした。

大警視室を出た専斎は、

「あの文面から察して、あなたには相応の策がおありだと思いました」

と桂助に告げた。

「はい。専斎先生のおっしゃったように、確実に敵を明るみに引きずり出さなければ、英之助さんを守り切れないと思います。先生ならどなたか、お知り合いがおられるはずです。この内容を新聞記事にお載せいただけませんか？」

桂助は自身で書いた小幡英之助についての紙を専斎に渡した。読み終えた専斎は、

「わかりました。明日の朝には必ず日本日日新聞に載るように手配します。その代わり、後はどうかよろしく頼みますぞ」

と言って、上着のポケットにその紙をしまい入れてこの場を去った。

翌朝、日本日日新聞の〝開化つれづれ〟とある欄には以下のようにあった。

医術開業試験が近づいている。最も注目されているのは口中科あるいは歯科である。新しい歯科技術がアメリカからもたらされてからというもの、もはや虫歯は虫歯削り機で治療される。前時代のように虫歯は歯抜きしかない時代ではないのだ。

そのような折、この開業試験を目指している歯削り師小幡英之助（二十五歳）が修業、勉学が過ぎて大病を得ていると聞き、案じられたので、入院治療中の〝いしゃ・は・くち〟に出向いたところ、重態からは脱し得たものの、まだ全快ではないとのことであった。中津の出身の小幡は〝早く、好きな芋焼酎を飲みたい〟と言っている。早く恢復して試験に合格、芋焼酎の祝い酒を飲ませてやりたいものである。

これを読んだ金五は、

「これ、犯人をおびき寄せようっていう魂胆だよね。大丈夫かな？」

案じたが、桂助から一連の話を聞かされている志保は、

「とことん周到な相手ともなれば、捕まえるにはこれしか方法がないかもしれないわね」

落ち着き払って大胆な発言をした。

「毒入り芋焼酎届けてくるのかな？」

金五が首を傾げると、

「さすがにそれはもうないでしょう。それだけに油断大敵です」

桂助は苦く笑った。

記事が出て翌々日にココアと牛乳、砂糖が横浜の輸入食料屋から届けられてきた。

「お使いの方が届けてこられた、福沢諭吉《ふくざわゆきち》先生からのお見舞いのお品です。御病人に滋養を摂らせてくださいとのご伝言でした。ココアの作り方も添えられています」

届けてきた老人に不審な様子は微塵《みじん》もなかったが、桂助と志保は、

「福沢先生なら先に文をお届けになるだろう？」

「それと、わたしたちのアメリカ暮らしのことを知っておいでになってて、ココアは切れることもあるけれど、常備している牛乳やお砂糖まで一緒にお届けになるものかしら？　ましてやココアの作り方までなんて、おかしいわ」

顔を見合わせ、

「作り方がわからずに、英之助さんが毒入りココアを飲まないのでは困ると判断したのだろう」

「ということはこれ——」

「そう、間違いないと思う」

ココアの粉だけでなく、牛乳や砂糖も一緒に金五に調べを頼んだ。

結果、砒素はココアの粉だけではなく、牛乳や砂糖にも仕込まれていた。届けてきた老人はすでにその輸入食料店を辞めていて、スノードロップを暗号とする殺人者に買収されての特別な届けであったと推測された。スノードロップを暗号とする主は杳《よう》として知れない。

桂助は専斎宛てにまた手紙を出した。それは〝開化つれづれ〟の続きであった。

小幡英之助の目覚ましい恢復に貢献した飲み物について一言。これは何とココアというたいそう珍しい代物《しろもの》なのだ。熱い国が原産であるカカオ豆からココア粉がひかれるのは、珈琲豆からのコーヒー粉と同様だが、味わい方は断然違う。砂糖を入れてもなお珈琲はほどよく苦いが、砂糖と牛乳で煮溶かして拵えるココアは素晴らしく甘い。

朝は珈琲で目覚め、夜はココアで眠りにつく。これぞ開化人!!

「これで敵はこちらが砒素毒入りのココアや牛乳、砂糖を見破ったとわかったはずです」

桂助の言葉に、

「だとしたら、やっと自分で動くほかはないとわかって――」

金五は息を詰めた。

「ここへ来るはずです」

「大警視の命令でおいら、今晩からここへ泊り込むからね」

「寝ずの番になるんだろうから、俺も泊まらせてもらう。志保さんは英之助についてもらって、桂さん、俺、金五の三交替なら何とか外を回って見張れるだろ」

鋼次も泊まりを決めた。

こうして三交替が五日ほど続いたある夜、家の周りを回っていた桂助は、金五や鋼次と申し合わせていた場所、離れの横手にある忍冬の垣根を繰り返し見張った。ここは、少し離れると見渡せない死角だったからである。ちなみに初夏に花を咲かせる常緑の忍冬は、口内炎と扁桃炎《へんとうえん》に効き目があって、〝いしゃ・は・くち〟には欠かせない生薬でもあった。

――侵入するのならここだな――

何度目かの見張りの時、忍冬の垣根の茂みの一角が崩れているのを桂助は見逃さなかった。風も吹いていないのにまだ茂みが微《かす》かに揺れている。

――入られた――

桂助は手にしている燭台《しょくだい》を地面に向けて賊の足跡を追った。大きくも小さくもない下駄《げた》履きの跡が続いている。

――飲み屋帰りの酔っ払いか――

むしろそうであってほしいと思いつつ、桂助は足音を忍ばせて追っていく。人型の影まで追いついた時、気配に気がついた相手が走り出した。懸命に追いつかれまいとしている。ただし決して速くはない。〝いしゃ・は・くち〟の周りを一回りする間に次第によろよろとした足取りになり、やがて息をはあはあとつきつつ、その場に右膝を折った。

振り返った相手は匕首《あいくち》を手にして身構えた。

「やはり、あなたでしたか」

相手は無言で桂助に襲いかかってくる。二度、三度と繰り返したが、そのたびに桂

助は難なく躱した。四度目の時、

「いわしやさん、もう、止めてください」

桂助が匕首を握っているいわしや井太郎《いたろう》の手首を軽く叩くと、ぽとりと匕首が地面に落ちた。

「あなたがお訪ねになった時、いずれおわかりになると思っておりました。いつおわかりになりました？」

「漢方、西洋に関わりなく医者や患者の世話をするお助け屋のような仕事の人たちと長年の絆《きずな》が育まれていて、あれこれと関われるのは、あなたのようなお立場の方をおいて今はいない、という考えに至りました」

桂助の言葉に、なるほどと頷き、

「わたしもまた、あなたが痛くない歯抜きで知られているだけではなく、今までさまざまな難しい事件の解決に助力していたことを知っていました。そして老骨の身では最後はこんな風になるだろうことも。どうかこれを——スノードロップ、いや、わたしの罪の証です」

そう言っていわしやは大事に抱え持っていた瓶を桂助に手渡した。それは茶透明な液体の入った洋酒の酒瓶で、中には朝鮮人参の太い根が浮いていた。

「桂さん」

「先生」

「あなた」

気配に気づいた鋼次、金五、志保が外に出てきた。

「頼みます」

桂助は、朝鮮人参酒を金五に手渡した。

この後いわしや井太郎は、警視庁に連行されるまで無言を通した。

しかし、警視庁では自身の犯行について以下のように長く陳述した。

「わたしは御一新を迎えるまで典薬頭様のもとでのお役目に励んでいました。お役目は典薬頭様の御名のもとに大商人、大名、大身旗本の別なく、富裕な方々に寄付を募って、医薬を世の隅々にまで届けることでした。もちろん、これは公に認められてはおりませんでしたが、見逃され許されていたのです。ところが御一新になって何もかも変わり、典薬頭のお役が免じられてしまうと、富裕な方々は寄付をしてくださらなくなりました。富裕だったのが落ちぶれてしまったということもありましたが、たいていは政府と結びついていないこの寄付の習わしが得にならないと判断されたからです。御一新は無一文からののしあがり組、成り上がりの富裕層を生み出しただけではなく、従来の富裕な方々、特に大商人で目先のきく人たちをさらなる富裕へと導いたのです。例をあげれば徳川様時代の御用商人と同じで、政と結びついての利権、富をざくざくと貯えはじめました。でも、旧時代のものだと決めつけて、わたしたちには一向に寄付をしてくださらない。医薬の不足ゆえに苦しんでいる人たちが溢《あふ》れている状態は、少しも変わらないどころか、世の変動や災害、疫病によって増えているにもかかわらずです。俺が富や富をもたらす力の独り占めという、富裕層のどす黒い欲望に根付いた願望に応えるべく、スノードロップを思いついたのは、何とかせめて、旧時代程度には医薬を届けたいと念じたからです。それが間違っていたとは今も思ってはおりません」

きっぱりと言い切った。

また、いわしやは今まで依頼されて毒死させてきた人たちの名と、依頼者全てを書きつけていた殺人依頼日記を差し出して示した。この中には富本作治の殺人依頼も含まれていて、富本家の二男一女、三人の子どもの犯行であることが判明した。五月女史郎殺しは妻波子と小西弥太郎からの依頼であったが、これが明らかになったとたん、小西弥太郎は波子と共に自害して果てた。榊みつの殺し依頼をしたのは意外にも後妻の奈津で、養父は一切関わっていなかった。

「それって少しはおみっちゃんの救いっていうか、供養になるね」

と金五は洩らした。

松永幸太郎、芙蓉、お助け屋のお澄、お兼については、

「スノードロップの仲間割れは松永先生の貪欲さから生じたように思います。たしかに今医者といえば西洋、西洋と人気ですので、先生には俺の方から近づきました。医院に手伝いとして潜り込ませた芙蓉を通じて持ち掛けたのです。おかげで沢山の富裕層をご紹介いただきましたが、取り決め以上の報酬に先生はつり上げてきていました。日々の診療も気が向くと女たちのところへ出かけてしまい、俄か休診にするといった風な堕落ぶりです。そんな先生でなければ、千年堂さんの大事な婿候補だったという若者が事故死しなくても済んだはずです。何とかしなければと思っていた矢先に、千年堂さん一家の復讐事件が起きました。あれで芙蓉まで殺されてしまったのは痛手でしたが、芙蓉は賢《さか》しくやはり根は欲深いとのことで、早かれ遅かれ、お澄、お兼のような運命が待ち受けていたことでしょう。ええ、そうですよ、お澄は酒が過ぎてしゃべりすぎる、お兼は年寄りの病で要らぬことを言ってしまうという話を聞きました。俺は殺人依頼の仕事で見も知らない人たちを数多く毒死させた上、この二人を手下の者の手を借りて始末させました。間違いありません」

淡々と話した。

調べた高麗人参酒には多量の砒素が混入されていることがわかり、いわしや井太郎は多くの殺しの犯人として留置され厳罰、死刑が確定した。処刑を前にしたいわしやの言葉は、

「賄賂を受け取る政府高官と商人の懐だけが膨らむご時世、スノードロップは永遠不滅、スノードロップ万歳っ!!」

というものではあったが、さすがに記事にはならなかった。

この言葉を、桂助は別件で訪れた長与専斎から聞いた。

「川路様が新聞社を厳しく取り締まられたそうです。ただ――」

「いわしやにも一理あると思われているのでは？」

桂助の言葉に、

「先生、あなただってそのはずですよ」

専斎は目を伏せた。

「ええ。せめて、いわしやが担おうとしてきた、広い世の隅々まで行き渡るような医療を目指したいと思っています」

桂助が応えると、

「それには先生、やはり歯科ですよ。口中科なんてもん、払拭するに限ります。実は正式に受験者が口中医であれ何であれ、開業試験の配点は虫歯削りが百点満点のうち八十点と決まりました。あんなことがあった以上、これはもうやむを得ない決定ですよ」

専斎は迷いのない口調で言った。

あんなことというのは、このような話の先に起きたものであった。

すっかり恢復して医術開業試験を控えつつ、鋼次と共に虫歯削りの診療を始めた英之助は、やっと重い口を開いて桂助に以下のような話を聞かせた。

「実はまだお話ししていないことがあります。試験官の任に就かれた桂助先生にはお教えいただけなくなってしまいましたが、どうしても口中医の方々の研鑽《けんさん》や仕事ぶりが知りたくて、口中医を束ねているあるお方のところへ伺ってお願いしてみたところ、他の口中医たち個々に、お尋ねくださるとのことでした。結果は個々の口中医家で何代にも亘って、受け継がれてきた貴重な口中医科古文書をお見せいただけるとのことでした。感激でした。ところが――」

ここで英之助はしばし黙ってしまい、やがて決心したかのようにこう告げた。

「お招きいただいた土蔵には各家々のものが山と積まれておりました。わたしは勢い込んで古文書を開いていったのですが、例えば〝虫歯の痛み止め〟等、題目だけが記されているだけなのです。後は全て墨で塗り潰されておりました。これでは読めません。材木置き場で材木が倒れてきたり、郷里からのものだと偽られて芋焼酎が届いたりしたのも、この頃からでした。今では口中医を束ねているあの方に、ついつい自分の身分や修業の中身を話したことを後悔しています。ただし、わたしは誰にもこのことは言っていません」

これを聞いた桂助はもちろん専斎に告げようなどとは思っていなかった。しかし、英之助の出現を快く思わなかった口中医たちは、医術開業試験の責任者である長与専斎を大挙して訪れ、小幡英之助は口中秘伝を盗もうとしたと主張し、元締めは今後二度とこのようなことが起きぬよう、秘伝の全ては口伝とし、秘伝書は残らず墨で塗り潰すか、焼き捨てると脅した。

「あんなことを言い出されたら、〝それがよいでしょう〟と応えるほかはありませんでした」

専斎は話を続けた。

「しかし、口中医の先生方の先祖代々の記には、貴重な秘伝も数多く含まれているはずです。それを破棄させてしまうのは惜しいとわたしは思いました」

「でも、まあ、時代について行けなくて自棄《やけ》を起こしたのでしょうが、破棄しても渡さないと言ったのは向こうですからね」

「勿体《もったい》ない――」

「時が経《た》てば、あなたの指摘が正しかったとわかる日はくるでしょう。けれども、今は口中科が自滅してくれることは幸いです。新しい時代に必要なのは短い時で合理的に虫歯を重点的に治せる医療なのですから。さらば旧弊、さらば口中科。スノードロップによる小幡英之助の命狙いに、口中医たちが噛んで依頼していた事実を伏せるよう、あの川路様にお頼みしてさしあげただけでも情けというものですよ。感謝してもらいたいほどです」

専斎は満足そうに言い切った。

この後ほどなくして医術開業試験が行われた。口中科という試験科目はなくなり、歯科がそれに代わった。小幡英之助は誰もが目を瞠《みは》る歯削りの技を披露し高得点で合格した。これについても〝文明開化つれづれ〟は報じている。

医術開業試験前に大病を患った小幡英之助氏は、昨日行われた医術開業試験歯科に優秀な成績を収め、見事合格を果たした。小幡英之助は本邦初の歯科医師と認定された。歯科医師一号である。近く小幡氏は開業の予定である。日本の歯科も、文明開化と共に着実に花開いていくものと思われる。先駆けの小幡氏が、まずは大輪の花となることを祈って止まない。迷える若者たちよ、小幡英之助を目指せ、もっともっと西洋に学ぼう。

開業を前に忙しい身でありながら、英之助は〝いしゃ・は・くち〟での診療を休まなかった。

「せめてもの御礼の気持ちです」

と英之助は言った。

別れの日、志保は桂助から託されたスノードロップ、不吉な謂《いわ》れのある待雪草ではなく、

「これは富士山で見つかった紫陽花で白一色にしか咲かないんですよ。白は英之助さんの好きな色でしょうから」

まだ新芽が出たばかりの白舞妓紫陽花《しろまいこあじさい》の鉢植えを英之助に贈った。

こうして英之助を送り出した翌日、桂助は金五に呼び出されて岸田邸の裏庭にいた。

「ここね、そろそろ誰かに下げ渡されるみたいだよ。だから父上の好きだった白い花、スノードロップ、待雪草も見納め——。相手は政府と親しい大商人か、大商人から賄賂貰《もら》ってて潤ってる政府の上の方なんだろうけど。いわしやは罪を償わされるべきだったよ、たしかに。でも大警視が慌てて言い残したことは当たってる。それといわしやは、依頼人のことは白状したのに、仲間については知らぬ存ぜぬでずっと押し通した。いつか、そういう奴らがまたスノードロップみたいなこと、起こしてもおかしくない。そんな世の中なんだよね。そしたらまた、おいら駆り出されて捕まえるんだろうね。あーあ、その繰り返しかあ——」

ため息をついた金五に、

「いいのではないですか、それで」

桂助は言った。

「あなたの父上もきっと同じでしたでしょう。人は時代の流れに逆らうことはできなくても、自分が信じる道を歩き続けることはできます。わたしにはそれしかできないし、それで充分だと思っています。あなたもそのはずですから——」

「いわしやもそうだったのかな？」

真顔で訊いてきた金五に、

「人の命のために尽くしてきたあの方にとって、どんな理由であっても、人の命を奪う道は本来の道ではなかったはずです。あの方は、信じてきた道を外れてしまったと気がついたからこそ、あえてあのような形で〝いしゃ・は・くち〟に来たのです」

桂助は応えた。

「捕まるために？」

「ええ」

「でも、庇《かば》った仲間はきっとスノードロップまがいのこと続けるんだよね」

「それはあの方の個の生き方とは別の話です」

「おいら、わかんない」

「そのうち、わかりたくなくてもわかるようになりますよ。人は白一色にはなりきれないからこそ、白い花の色に惹《ひ》かれるのだということも――」

桂助は優しい目を、散り際の待雪草と金五の両方に向けた。

了

参考文献

『週刊花百科11　Fleur　あじさい』（講談社）
『週刊花百科24　Fleur　彼岸花とネリネ』（講談社）
アリス・M・コーツ『花の西洋史事典』白幡洋三郎・白幡節子訳（八坂書房）
『日本の食生活全集44　聞き書　大分の食事』（農文協）
『夢に挑む　コレクションの軌跡』（サントリー美術館）
赤田光男『ウサギの日本文化史』（世界思想社）
今橋理子『兎とかたちの日本文化』（東京大学出版会）

本書のプロフィール

本書は、小学館文庫のために書き下ろされた作品です。

小学館文庫

新《しん》・口中《こうちゅう》医《い》桂助《けいすけ》事《じ》件帖《けんちょう》
シーボルト花《ばな》

著者　和田《わだ》はつ子《こ》

二〇二五年二月十一日　初版第一刷発行

発行人　庄野　樹
発行所　株式会社　小学館
〒一〇一-八〇〇一
東京都千代田区一ツ橋二-三-一
電話　編集〇三-三二三〇-五九五九
販売〇三-五二八一-三五五五
印刷所――――大日本印刷株式会社

この文庫の詳しい内容はインターネットで24時間ご覧になれます。
小学館公式ホームページ　https://www.shogakukan.co.jp

ISBN978-4-09-407432-1